i

为了人与书的相遇

肥瘦对写

骆以军 × 董启章

广西师范大学出版社

· 桂林 ·

图书在版编目（CIP）数据

肥瘦对写 / 骆以军, 董启章著. —桂林：广西师范大学出版社, 2018.7
ISBN 978-7-5598-1002-1

Ⅰ.①肥… Ⅱ.①骆… ②董… Ⅲ.①书信集 – 中国
– 当代 Ⅳ.①I267.5

中国版本图书馆CIP数据核字(2018)第141510号

广西师范大学出版社出版发行

广西桂林市五里店路9号　邮政编码：541004
网址：www.bbtpress.com

出 版 人：张艺兵
全国新华书店经销
发行热线：010-64284815
山东德州新华印务有限责任公司　印刷

开本：880mm×1230mm　1/32
印张：7.125　字数：135千字
2018年8月第1版　2018年8月第1次印刷
定价：42.00元

如发现印装质量问题，影响阅读，请与出版社发行部门联系调换。

目录

陪孩子上学途中

孩子的位置放在哪里？或跟在一旁走的你（父亲）
在哪个"观看人类全景"的位置？

——骆以军

瘦：

在这许多公路电影中，我特喜欢那部俄国导演 Andrey Zvyagintsev（安德烈·兹维亚金采夫）的《回归》（Возвращение）：谜一般的父亲，突然出现在这两男孩的世界，并带他们展开一段荒凉、诗意，整个世界那么暴力、绝望而他们得上路的旅程。那父亲隐喻了所有"父亲陪孩子上学途中"的形象：寡言；不擅长隐藏感情；因为被小孩并不知道的这个世界伤害过了而呈现一种线条的刚硬；不理会小动物似的软软的在路途中因好奇而耽搁、分心；以军事化的粗暴训练这两兄弟独立（让还是小孩子的他们，学习开车、划船、对付对他们粗暴的青少年、如何面对旷野孤独的恐惧）。两个男孩恨透了这个凭空冒出的父。但最后怪异的，他们在那无人的小岛上意外地害死了这个父亲，他们——一个奇怪的循环——恰用那父亲一路暴力施加强迫他们学习的技能：用棕榈叶拖父亲的尸体、替小船涂上沥青以防水，成为孤儿的两人疲惫地在大海上操桨划舟，终于回到了最初的码头，那载着父亲尸体的小船又沉入大海。这个父从虚空中闯出，又像从无这个人地回到虚空。两兄弟瞬间成为大人的心智，开着父亲遗留的那辆烂车（以及他教给他们的技能），将那公路陌生之境转为"归途"。

这事我觉得九年了（先是我大儿子，后来是两个孩子一起，现在是小儿子），我几乎每日早晨得送孩子到他们小学后门，或下午到同一地点等候，带他们回家的这段路，可能不到三百公尺吧。就是穿过一些公寓和日式鱼鳞瓦老屋、树木的绿荫密覆的巷弄，比较特别的是会经过新生南路一座清真寺的背后、紧邻着一间天主堂，到那条巷道的底端，有一间香火算鼎盛的小妈祖庙，神龛上黑脸女神凤冠霞帔，侍将狰狞，但其实经过时，里面总有一些老人汗衫短裤拖鞋坐折叠椅在车马炮对赌。这段路总让我担心，太平静无有惊奇，太安全了。

比起我小时候住永和，换过三所小学，但上学放学之途，无不像一趟小规模的冒险、长征，没有大人陪，穿过那迷宫般、十二指肠的巷弄，快步走至少要十五至三十分钟。途中经过车潮汹涌的马路，可见杀鸡宰鱼场景的传统市场会有小巷里让你流连忘返的柑仔店 [1]，那些琳琅繁花般的五角抽，或那么一台赌博性的水果盘机台，有弹子房（那更是会冲出勒索你的邪气青少年），有工地，我们会翻进那些拆除到一半的鬼屋般的日式老宅废墟，穿梭冒险，有的走河堤，用石子投掷树梢的木瓜，或闯进一座吊了七八塑料袋猫尸骸的竹林，较大一点后（约初一到初二），我的同伴还干过偷脚踏车的坏事，推着偷来的脚踏车到学校附近的修车行换煞车或补胎，小鬼就可以对那一身黑油总是蹲着的老师傅没大没小杀价……

1　闽南语，即小卖部。

　　我还曾经撞见一个小庙拜拜之前的办桌[1]（吧），一群老人围着，其中一人用尖刀杀一只猪，那是个冬日清晨，所以我印象中从猪被割开的喉管，或他们往那还在微弱挣扎睁着黑眼睛的畜生身上淋浇滚水，都不断冒出蒸腾的白烟。

　　这些活跳跳"上学途中所见"时刻，我父亲从不在那画面陪在童年的我身边。我是不是希望将我想象的、期望的（也许是陌生的惊吓或恐怖、超出一个小孩能理解的艳异之景），塞进我孩子的上学途中？但是否我总陪在身旁，那冒险的、危险的时刻，那意外误闯的暗巷歧路，便总不会真的对他们展开？

* * *

　　启章，和你聊这个话题，我特别有感觉。我们是同代人，不觉也各自走到这个年纪。你的长篇，特别给我印象画派《神的孩子都在跳舞》、《给新新人类》这样的负轭、赎回、启蒙的未来小说大全景的意念。好像是我们不觉也走在这个世界的梦境或街景。

　　近半世纪啦，我们也许从年轻时的"歪斜人"，孤种的《安卓珍尼》，从里面长出一个"父"的身份，守护者（如此脆弱）或更是陪伴者（如此惊惧或哀伤）。

1　闽南和台湾地区常见的宴客形式。

我曾听你说过，你带阿果上学的路途，比我艰难许多（印象中换乘火车、巴士，种种不同交通工具）。父与子在（香港）那样街车人潮中的前进。对我而言就像极小规模的公路电影。

不可预期的，慢慢一年两年三年五年，我或是你在那段不进入路程，但其实累加起来漫漫长途的"上学途中"，长出了一个内在安静、无人知晓的什么小宇宙？

孩子的位置放在哪里？或跟在一旁走的你（父亲）在哪个"观看人类全景"的位置？

肥

肥：

老实说，接送儿子上下学的途中，我多次想逃掉。

或者，说真的啦，也不是真的逃跑（因为实在跑不到哪），而是渴望这样的生涯早早结束。

从孩子上小学开始，就要从新界北区送他到九龙市区上学，因为他不像一般小孩本区就读，而是选了离家比较远的学校。但说远也不是真的很远，如果坐火车的话，半小时就到，加上步行距离，顶多是四十五分钟。还可以的。问题是，儿子的特异嗜好，或直接点说，怪癖。

坐火车，我儿子是绝对不肯坐"旧款"的，也即是旧的型号，准确地说是英国制的都城嘉慕列车，从铁路转为电动化的 1982 年服务至今，期间车厢经过翻新。他要坐的是"新款"，也即是日本制的近畿川崎 SP1900 列车，1999 年投入服务。两种车又简称为"圆头"和"尖头"。问题是，新款或尖头全线总共只有八列，而旧款或圆头却有二十九列。八比二十九，结果可想而知。每天上下学坐火车，就是一场大赌博。好运气的，等三或四班之内坐到；倒霉的，十班也等不到，或更可怕的，跑到月台刚刚送车尾。那是令他（以至于我）崩溃的事情。

常常因此而要提早很多出门，也常常因此而两父子在月台或车厢内大动干戈。我儿子的反应我就不详细描述了，总之就是固执如石，横蛮如牛，天地都不怕，全世界照骂。简单地说，就是无法理解和接受世事无常，世界不是顺应他的意思。而从他三岁开始出现超级分别心和固执狂，我作为父亲就已经无法以权威甚或暴力镇压（试过硬把小小的他拉到车上结果全程哭闹直至你厚不住脸皮在下一站下车），又或者各种计分奖赏温柔赞美的方法，去缓解他对于没有规律的事情的焦虑和恐慌。而解释世界为何不按个人意愿运作，所谓好坏只属主观并无实质，或者人生就是要面对不如意等等的大小道理，多年来天天说也说上了过万遍。但是，他没有丝毫动摇。

看着孩子没法像其他正常人一样坐车，甚至为此而毁掉了一整天的心情，无法好好上学，心里真是莫名其妙的悲痛。好像不是什么大事吧，但是，这只是同一思维（或情绪）模式的其中一个例子。基本上这就是他经验人生的模式。我也曾说过，如果你能够安然愉快地等，爸爸可以忍受，可以陪你等下去，这个"不正常"是没关系的，但是，千万别发脾气，怪别人。有时他可以做到一下，但很快又不行。而制止他无理暴怒的最后手段，就是比他更暴怒，发飙得更厉害，非如此不可镇住他的情绪。让他也觉得我太过分了，他才有点畏怯地稍歇一下。不止一次，我就像个精神病汉一样在众目睽睽下大呼小叫。我想，我也变得有点"不正常"了。

当然，在好运的日子，会看到他像其他孩子一样乖乖地坐车，一脸安静满足的样子。或者在下车之后，还站在月台上依依不舍地看着心爱的列车离去，或者兴奋地和我说着不同型号之间的车头灯的分别或各种诸如列车号码编排之类的精细而无用的知识。这些时刻我就不禁想，如果这是他偏执的人生中的唯一快乐，我又怎忍心把它灭掉呢？

今年孩子小六了，这个学期他开始自己上下学了，而我也终于如愿结束忍受多年的迎送生涯。除了多一点自己的时间，也可以不用再面对那些令人脑袋瘫痪无法即场应对的惊吓场面了。可是，其实儿子还是要自己面对自己的问题。而我，竟然已经开始怀念每天带孩子坐火车上下学的日子了。

瘦

小说中的女神

我简直就是个一直在写"理想女神"的（大？小？）男人，或更可怕地说，一个缪斯崇拜者。只是太羞愧而一直不肯认，还扮作无差别的女性主义同情者。

——董启章

瘦：

我认真地回想，还是那三个字"少女神"。我记得我大一吧，在阳明山，有一个冬雨的傍晚，我糊里糊涂走进一个（可能是电影社办的）小放映间，第一次看到了一部动画片，那个少女近乎宗教献祭地以一人之身，平息了被丑陋贪婪人类激怒的、遮蔽了天空漫野无尽的巨大王虫的毁灭攻击——纳伍丝嘉。很怕被人看到，我满脸是泪地走出那老建筑播放间，才知道那是宫崎骏的《风之谷》。

当然后来，老宫崎骏的这一系列"少女神"：宅急便魔女、戴着飞行石从空中降下来的美少女、魔族公主，甚至《龙猫》里那片尾竭力找着妹妹的女孩……在我心中第一名的，没有悬念，就是那进入神或妖的秘境，将变成猪的父母抢救回来，并想起"名字被收走、遗忘"的美少年白龙，他的全名"赈早见琥珀主"，的那个少女千寻。

我想我们俩都是"少女控"吧？但似乎我们各自最初的"童话或诗意的女神"——《安卓珍尼》，或我的《妻梦狗》——你似乎能进入那缄默，以绝种预感而按下阴性时间刻度，从而开启更丰饶、月光芦苇般款款摆摆感受性的神秘的换日线，从而打开"时间简史"。我则是，像"被猪神诅咒的少年"《魔法公主》，对那次沉睡的少女形象，蹬蹄马嘶，再被她拒绝（或伤害了她）的这世界的噩梦：魔镜弄得疯狂暴怒。强暴她、玷污她，印证她的柔慈、原谅和救赎可以延展到多远的地界，多黑暗冰冷的宇宙边缘的破洞。

啊，我想起来了，在冷到骨头喀喇作响的冬雨晚上，看了《风之谷》的第二天，我又失魂落魄走进那昏暗的小放映间，那天放的是文德斯的《柏林苍穹下》——那个神奇的一周，我还看了伯格曼的《第七封印》、雷奈的《去年在马里昂巴德》、特吕弗的《四百击》，那之前我根本是个"艺术电影白痴"，却在那短短的一周像闯进魔法屋，幸福战栗地连着看像黄金蟹膏最精粹的几部灵魂飙音的经典——而《柏林苍穹下》，那个穹顶上的大天使，爱上的马戏团女孩，受创的（或那么柔弱而预知她必然受创）、穿着一身狼藉俗丽的薄纱芭蕾装，她苦闷忧悒日复一日在那篷车马戏团表演高空走钢索、高空秋千。她抽着烟，脸上的妆可怜兮兮地糊了。青春在她贞静的少女身体，像忘了换水的海芋花，洁白的花瓣慢慢枯萎，而淡绿色的花茎吸吮着发臭的死水，却那样地糟蹋变丑了。

让我想想：有一些女孩名字浮现了：《欲望号街车》的布兰奇；《生命中不能承受之轻》的特蕾莎；《挪威的森林》里的直子；陀思妥耶夫斯基《白痴》的 Natasia；杜拉斯《情人》里的少女；张爱玲。

灵魂的软肉嵌插着大小玻璃碎片的女人。被昔日伤害所困的女人。像纸烟那样燃烧冒出一缕烟的女人。为爱疯狂而跌入羞辱之境的女人。或有评论者说过：董启章小说的诗意核心，即使天工开了物，始终是高中美少女，而我骆某小说的断头噩梦，就算是李元昊大逃杀，根本还是台球店里打群架的废材高中男生。确实我在呆头呆脑的高中时光，常白日梦幻想：我长大后要去妓院，不碰那"可怜的妓女"，然后带她逃出那绝望之境。但我一个高中生要把这样一个活生生的女人，藏在这世界的哪个隐秘之所（我内心戏想了许多黑帮追杀搜捕的画面）？我竟想到，把她藏在我永和老家极破旧的违建小阁楼上，每天偷拿家里的饭菜给她吃，并拿我父亲书柜的小说上去给她打发时间。我完全没想到她有大小便和盥洗的问题。

仔细想来，三十年过去了，我现在在写的这个小说《女儿》原来还是做同样的一件事：盖一个世界之梦的残骸，碎片为材料的阁楼，然后把那个既脆弱，又将救赎什么，既被许许多多的恶所玷污，又这样藏在里头。或有一天我们该合写一本小说，让我的少年和你的少女，来谈一场辉煌的恋爱吧。

肥

肥：

我应该先爆出来：对谈题目都是你拟的。

上次你说我的小说是"全景式"的，我恐怕只是见林不见树，或者只如地图一样，好像概览全世界，但毕竟只是抽象的符号。倒是常常惊讶于你一树一叶一花一草（实际上是剥落的墙壁、锈蚀的水管、破败的砖瓦、发胀的死猪……）的像放大镜一样的令人难以逼视的具真再现。所以，说到"女神"，可能你笔下会立即涌出一堆无论高贵纯洁还是妖艳邪恶但全都令人目不暇给的美人（你不是说过爱美是你的天性吗？），而我却只懂干巴巴地谈那个"理想"吧！

至于"我小说中"就更加可圈可点了。那很明显就不是现实中的事情，而理想也暗示了目标的不可得。可想而知这种话题对一个有妇之夫来说是有点危险性的。无论这位理想女神的原型是不是自己的妻子，皆会招来一番逼供和责骂。于是就必须来一层又一层的虚构，以制造无法看清底蕴的谜团。说了这么久，好像就是拒绝提供答案吧。

其实说说也无妨。尤其是我，从一开始小说里的女性名字就一大串：西西利亚、维真尼亚、安卓珍尼（雌雄同体）、贝贝、不是苹果、栩栩、恩恩、哑瓷、阿芝、正、中（中性或变性）……再数下去也有点不好意思了，怎么辩驳不存在这个"理想女神"？我简直就是个一直在写"理想女神"的（大？小？）男人，或更可怕地说，一个缪斯崇拜者。只是太羞愧而一直不肯认，还扮作无差别的女性主义同情者。

女神崇拜的原型可以追溯到青少年期。在初中的时候，我第一个迷上的是圣母玛利亚。这样说实在大不敬，但真的没办法！我那时是个虔诚天主教徒，整天盯着玛利亚无比纯美的圣像画发呆，在暗夜里还看见她向我微笑招手，然后因为忍不住产生过多龌龊卑劣的念头而天天去告解（这不是有点像小但丁爱慕贝亚翠丝并予之神圣化的模式吗？）。后来又非常沉溺于日本卡通《千年女王》（倒不知为何错过了《银河铁道999》同一模样的美达露），深深迷恋着那五官和肢体完全不符合人类比例的美态，以及那拯救地球于毁灭边缘的壮丽。我甚至在宗教社团活动里，把圣母玛利亚绘画成千年女王的模样。两女神合二为一，令人神魂颠倒。

也许基于这个先入为主的原型，青少年期暗恋的都是姐姐级的女生。到自己年纪渐长，理想女神的岁数却没有同步增加，从中年大叔的角度就慢慢变成少女了。而又因为发现了小说这种东西，和写小说这样的行为，而在想象世界中爆发大规模的维纳斯的诞生（象征爱欲的 Venus 和代表圣洁的 Beatrice，大概就是西方女神／圣女的两大原型吧）。这就有点像命中注定的，不能自已地不停生产女神的形象。不妨告诉你，在我正在写（但又迟迟写不出来）的长篇中，还会出现真、善、美三女神（名为许如真、原和善、石兼美）。她们都会在将出版的《美德》（2014，联经）中预先登场（美其名为前奏曲，或如电影 trailer，实则是写不出长篇而暂时搪塞的下策。唉，唉！这样的不停预告／预支也快到了刷爆卡的边缘，再不结账就信用破产了！）。古希腊剧场有所谓的 deus ex machina，从机器来的神，本指那种把一切戏剧性难题都以神的介入解决掉的烂结局。那位扮演神的演员通常以机械吊臂从天而降。我不禁想，小说不就是那样的一台造神机器吗？

瘦

谈梦

我哀伤地想："我的女人在那荒凉洞窟里等着我，她正一吋一吋地死去。"这样的梦，通常醒过来后，要过了非常长的时间，我才仿佛从最冰冷黑暗的深海底，漂浮上来的一只沉船里的浮球。

——骆以军

肥：

说到梦，无论是做梦还是写梦，我都不是你的对手。先说写，我在小说里很少写到梦，写到的时候也不特别精彩。我写的都是无梦的故事，相反你写的就肯定是"梦魇之书"了。你的行文方式——不断变化的场景，疯狂置换的意象，如幻术般以假乱真的比喻——本身就是一种"梦文体"。而我则显得那么的工整、清晰、条理分明，或可说是一种过于清醒的"觉文体"。不过无论梦与觉，其实也同是心之显像。

至于做梦，也有高下之别。说自己不善于做梦，听来好像有点奇怪。世界上可能真的有可以控制梦境的技巧，例如梦境禅修之类的，但撇下这个不谈，单纯是精神状态上的差别，例如性格或者药物的影响，也会造成梦的质素的不同吧。你说的那些如电影大师在你脑袋里播放的影像，肯定属于高质素的梦，而我每晚在个人梦戏院里看到的，往往只是连电视肥皂剧也不如的平庸不堪的烂片，而且都是难以记忆和叙述的零碎片段，好像是由另一些电影所丢弃的部分随意串缀而成，而那些原装正片却永远无法看到。又或者，那所谓原装正片其实就是清醒的人生本身，而梦则是被意识的剪接师裁掉的底片的非法重组和播放？类似于从前港产笑片在完场前嘈杂串连的"虾碌"（NG）片段？难怪梦中有那么多见不得人的东西！

我从来没有把梦记录下来的习惯。可能是出于疏懒，或者不重视，或者根本没甚可记，或者可记（有意义？趣味？）的东西醒来之后都统统记不起来。早前因为读了点荣格，想深入探索梦的宝库，也试过刻意为之，记了几天，但觉淡而无味，完全捕捉不到那种如幻似真的感觉，唯一得着的是在梦里遇到荣格（还是海德格尔？总之是一个思想界大师模样的西洋老者），便又作罢。

也没有很深刻的挥之不去的可称为恐怖的噩梦的记忆。我的意思是有过但已经淡忘，也不知是幸还是不幸。倒是有些重复出现的梦的模式，时常让我焦虑和困惑。其中之一，是我有事急需打电话给某人（几乎百分之一百是我妻子），但却一直受到障碍。障碍的形式层出不穷，但却永远不是找不到电话。相反，手中必定是有电话的，而且通常是手机。可是，首先就是不小心按错号码，连续多次如此，就算加倍集中精神，手指一按下去就好像不听使唤似的，总是按了旁边的键。再下去就是键盘上的数字全都乱了位置，或者变成空白，甚至是纷纷像脱落的牙齿般掉下来完全按不了。就算电话有默认号码功能也没用，总是会按了别的。然后，还有打不通、接错线、电话坏掉、被抢，诸如此类。

另一个重复出现的模式，是在不恰当的场景中发现自己裸着身体。那是完全没有因由和过程的，忽然发现自己身上没穿衣服，而当时正置身于公众场所或参加公开活动（例如在学校、餐厅、公共交通工具或街上）。自己通常张皇失措，急欲遮掩或躲藏（所幸并非大模大样的露体狂），但周围的人却并无异样反应，以某种国王的新衣般的默契若无其事地忽略我的丑态。在这样的梦中，只有国王自己知道自己的裸露，并且感到无地自容，但这样说就不是国王，而应该是乞丐了。很不幸并没有出现那个说真话的孩子，给我点破那只是虚幻的梦境。

　　不用善于解梦的人也会做出如此解读：前者显示我和妻子有沟通困难，而后者则是自闭症的表现吧。

瘦

瘦：

我写过好多的梦啊，从二十多岁时开始练习记梦，说来在那无数如枯死坠落像断头之茶花，那些散落在不同本书里的梦素描，如此也写了二十年了吧。独立抽出都可出一本《梦百夜》吧。

这两年我不再在惊醒后，迷迷糊糊立即用纸笔记下那些，天啊我觉得像是伟大导演在我脑中放映的光影摇晃之梦了。主要是我吃安眠药（史蒂诺斯）已八年了吧，这两年特别被小史及我身体抗药性之间的失眠，睡眠破碎零乱所苦。那些梦，像被苍蝇纸上黏性过强的胶水死死敷缠。它们被绑架在那安眠药造成的大脑屏幕全黑的那一边。

有一些梦像水族箱泵的小气泡，好像从我年轻到现在都没停过，只是情节稍作修改而已。譬如在教室考试的噩梦，其他人全像昆虫摇着触须，沙沙沙写着。没有意外那试卷纸上的题目我一题都看不懂。我全部的心理能量全集中于"我要作弊"这个意念。但我初中时那位严厉的老师，弥散着一种"我知道你要作弊"的空气，他站在我的桌前，紧盯着，等待我像蝉展翼他立刻螳螂扑攫。我看不到他的脸，只能近距离看到他西装裤的纤维织纹。这可能是我整个青春期压抑下来的恐惧矿层，非常深非常深的绝望。

另一种梦我总是哭醒。事实上我在梦中之壳膜里，便是激烈哭喊着。有一些梦约略是这样：我梦见我的妻子已是别人的女人，而我们在下雨的街道相遇，我想像陈奕迅那首歌《好久不见》，跟她说："你过得好吗？"而梦中的她还是那么美，她的脸发出精致的薄光，那么让我迷恋。更悲惨的是，因为她没和我在一起，整个服装、气质，显得那么高贵优雅。这种梦醒来时我会过了好久才回过神。意识到那么清晰发生的肤触感，那么真实的空气的湿稠状之感；"这一生"的时光之痛，原来只是梦里而不是真的这一世的命运。当我意识到"好险是梦"可以停下哭泣时，还是会像小狗继续干嚎几声，才足以排遣那"有一只鹅踩过你坟头"的骨头里的冷颤。

我也梦过不少次，我只是一个小孩子，在有着大摩天轮、过山车蜿蜒在空中轨道、旋转木马、海盗船的游乐园里，被我梦中形象如此年轻的母亲遗弃了，那种在不同区，上下小台阶，要和不同工作人员的大人询问，装出"我并不是被遗弃"无动于衷的好强，和那好强下的绝望。或者是我梦见我死去十年的父亲，和他生命最终那些年对我无条件支持的老人形象不同。在梦中，一种浸在水气中的，那么浓雾般的哀愁。似乎他对我有了误解。又回到我中学时打架被记过，成绩单总是最后一名，或联考发榜我落榜了。好像原来后面的这三十年并没有发生，我还是那个他口中"骆家祖先之耻"的废物。他对我失望透顶，我要印证现在这个我的文学成绩，必须从头，一个字一个字重新来过，从无开始，从头开始写。那个疲惫感真是超乎想象。

或有另一种说不上是噩梦的梦境，就是，譬如在一个洞穴里，我爱的女人躺在我怀里,像《英国病人》的情节。她发着高烧,出现脑袋混乱的呓语,或就剩一口气了。我告诉她,我必须步行去附近的小镇求救。我要她相信我一定会带医生回来。她虚弱地求我别离开她。但我还是离开那个洞穴,然后我在那不是小镇而是一座迷宫般的城市迷路了。不断有新的情境将我愈扯愈远,不断有人因看透我的烂好人脾气,把我带去医院的后巷,一间酒馆,或是他阴暗的小店,甚至一座庙里,一座图书馆里。感伤又不容打断地跟我说他们的往事,爱情史,这座城市的某些历史并不像现在那些伪善的家伙说的版本。事情应该是怎样怎样的,层层累聚的阴影。我随和地任他们从这个聚会转到下一个聚会。他们全是有钱人,但我只是一贫如洗的求救的旅人。我哀伤地想:"我的女人在那荒凉洞窟里等着我,她正一吋一吋地死去。"这样的梦,通常醒过来后,要过了非常长的时间,我才仿佛从最冰冷黑暗的深海底,漂浮上来的一只沉船里的浮球。

肥

那一刻我对自己感到陌生

在和煦如夏的冬日阳光中，总觉寒意彻骨的我在机场入境闸外面，看着平安归来的妻和儿子随着下机的人潮步出，我竟然失去趋前拥抱甚或只是在脸上挤出微笑的能力。

——董启章

瘦:

我们这样的人，就快五十岁了，可能各自从二十岁左右，就练习着把自己里面那攀绳吊在矿岩洞，高低、光影不同处的小人儿，誊写到纸面上、我们不同的故事里。时光这么拉长，其实是疲惫地在那么可怜的简单人格布帛，反复搓洗出模模糊糊的"我扮串的"面具纸浆，纳博科夫、陀思妥耶夫斯基、大江、三岛、张爱玲，不同的搓洗的阴郁鹰钩鼻，激切、疯狂、被这世界玷污，那长期搓洗灵魂的我或你，其实是在一单一自己长期的手工劳作状态。我不晓得你的状态，但这些年，有时我会有拉长时光意识后的疲惫感。年轻时搓洗着、那刻意皱纸团里的、想看清楚一些的、屈辱、萤烛般的愤怒、审美的变态、妄图拯救的捕梦网，设法让动物性的情感更玻璃器皿一些、大键琴演奏一些（这是你），或是更兽性一些（这是我），我想着："还有让这样的工作者不陌生的自己吗？"

喝醉的时候，在游泳池底部忘乎所以地蛙泳时，很多年前坐在医院妻子分娩病床边的"第一次"，父亲的葬礼上怪异地披麻戴孝、向致哀的来宾叩谢，或是，在异国机场迷路，我英文太烂不知如何求救，或某次在一偏僻小火车站，一个恍神掉落月台下，衰躺在那石堆小草间的铁轨，或是，更许久许久以前，我第一次把手摸到女孩的私密如山谷清新百合的身体，那些时刻我感到陌生吗？是的，但我几乎全部写过它们了。那超出我这个个体当时能向内调阅经验档的漂流时刻，我几乎没有留存、一勺一勺从最隐秘的身体记忆挖空它们了。

这个行业，或是自己置放在"小说"这国际机场航厦里、可怜角落的外币兑换小柜台，问题是，交到那无数双伸向我们的手的"自己的货币"，就是一次一次"陌生时刻的我"啊。

这样说起来，好像那老梗的、把这职业比成妓女或灵媒的角色，"洗资料"，或多丽丝·莱辛一个短篇中写道：一个伟大的戏剧女演员，他们在谢幕后到后台，发现躺在休息室沙发上的她，整张脸像鸡蛋那样空白、光滑，没有一张最单薄的表情覆在上面，一条无流之河。

瘦，你这个问题让我反省甚至惊觉：我会不会把那些"陌生"的我，像第三世界贫民窟里的医疗站，那些无法珍爱结晶出这些湿漉漉婴孩的穷女孩、不幸妓女，潦草、荒蛮地把那些没成形、鼻子眼睛心脏小鸡鸡都没长立体的"陌生"们，乱七八糟就用钳子从我的大脑隙缝拉出来，流产了满垃圾桶？

年轻的时候，每一个陌生的卵壳，都像外层空间漂流舱，等着我们将一粒粒分子那样稀薄的自己，传输过去，在里头孵养成"全新的蜷缩婴孩"。有一些场景我忘掉了，曾经我和我心爱的女人在那梦境般、烤箱印象的房间大声争吵，我看着她像融化的烛油，火光晕微，满脸汗泪，用头撞着墙，我也愤怒地咆哮着，还是婴孩的孩子也惊恐地嚎哭，但其实那回忆里那声音都被厚厚隔音墙挡住了。那时我冲上顶楼的违建小铁皮屋，想跳下去了结算了，我哭泣着抽烟，愤怒咬自己的拳头，我发现这不是座精致灵魂的音乐钟，那时可能有件奇怪的事发生了，我清楚意识到：我的时代，我的国度，并没有真正的心灵，慷慨地珍惜那个少年时我以为透过川端、太宰治、卡夫卡、杜拉斯、更多更多在沙金中洗濯而蜕皮又长出透明皮膜、那样的"安卓珍尼"，我发现我的灵魂翼骨下，长出了丑陋的癞皮，我知道那之后我只能以小丑的形貌在现实中泅泳。

"每个时代的创作者都会发现，最后只能孤自从自己的蚌壳，吐出黏液，赠与挤爆透明腔囊的童男高音，以及更重要的，它所需要的层层纵深的、审美或体贴的背景"，那是我至今倒推时针，最后一次记得自己如此陌生。

肥

肥：

早上读了你写的部分，关于那纸质面具淘洗者在时间之流中无可挽回地变脸而终至自我陌生化，顿觉有事物自脸皮上纷纷剥落，掉满一地曾经被称为安卓珍尼、贝贝、不是苹果、栩栩、独裁者、黑、恩恩、阿芝、维真尼亚等等人物的面具的碎片。而我不敢照镜，恐怕那过于清晰的倒映反射的是一副没有面目的脸容，或如诗人佩索阿所自许的作者理想形态——一座让人物来来往往的空舞台。

打开计算机，恍恍惚惚地写了些自以为十分精妙的见解，但逻辑愈说愈不通，便又作罢。接近正午，不知怎的，忽然就焦虑症小发作，顿觉胸闷气促，头晕腿软（我无意归咎于你的文字的作用！）。立即坐禅半小时，安定心神。及后不敢回到写作上，便挨在床上看书。又不敢看太沉重的，便拿了本正在看的黎紫书散文集《暂停键》（书名真应景！）。

相较于你那激烈争吵后冲上天台，在悲愤和自残（绝）的冲动中，碰上时代的灵魂匮乏的魔幻揭示，我的陌生时刻就没有那么戏剧化，甚至显得卑小平庸了。那是前年的冬天，我因为罕有的大意而错失了和家人去台中清境度假的机会，一个人留在香港，不知何故就出现了焦虑症的状况，而我当时一直怀疑是心脏病即将发作的征兆。在和煦如夏的冬日阳光中，总觉寒意彻骨的我在机场入境闸外面，看着平安归来的妻和儿子随着下机的人潮步出，我竟然失去趋前拥抱甚或只是在脸上挤出微笑的能力，好像灵魂随时要从那副僵硬的身体上脱离，而我脑袋里的唯一想法是：不要在这时候倒下去。那是一种寂静的，无法表达、沟通或宣泄的恐慌。医学上的说法颇为准确——脱离现实感。那个晚上，我去了急症室。之后半年，我还会再去几次。

（以下是今天焦虑症发作前随意敲打出来的文字）：

忧郁是文学性的，而焦虑是无文学性的。忧郁发作的时候，脑袋里爆发出种种激烈而超现实的情绪，令人呼天抢地、捶胸顿足、撕心裂肺，犹如世界末日般的排山倒海。相反，焦虑发作的时候，脑袋只是被不知名的恐惧填塞，以至于无法呼吸，不能动弹，不但做不出半点狂态，更像是深陷泥淖，缓缓没顶。而最可怕的是，竟变得像旁观者一样，看着世界好好地继续存在，而自己却孤独地被抽离、被隔绝，犹如失联的航天员在无边的寂静和黑暗中慢慢飘远，而眼前渐渐缩小的地球，却依然是那么的美丽。所以，如果忧郁者轻生，焦虑者就是怕死。忧郁者确信于无，而焦虑者执著于有。无令人空虚，求死；不但是死掉也没所谓，而是死了更好。有本该令人充实，求生，但因无法承受生的重担，时刻觉察自己的脆弱，并预期死之将至。忧郁往往催生艺术，直至创作者自绝生命而止，而这行为本身也被视为艺术。焦虑却阻断创作，瘫痪行动，把人囚困于那生存的最底线的注视和挣扎中——单纯的呼吸和心跳。忧郁者心灵独大，蔑视身体的存在；焦虑者身体独大，封锁了心灵的活路。

下午读黎紫书的散文，其中一段是这样写的："但我在这几年间清楚感觉到灵魂的壮大，身体比她早熟，但她几乎以顽强的天真驾驭了身体，让身体成为她的信徒。我以为那是一个'我'的完成，也是我这几年在做的事。"

哎呀！常常尊称我们为她写作上的兄长辈的紫书妹妹，她在身心合一的修炼上已经超越我俩渐变残废的哥哥了。紫书肯定经历过对自我的陌生，也许还继续觉察其距离，谁会比她更明白自我分裂和扮演的把戏？在这时候，她再来动用"我"这个字，当中的意义就非比寻常。

瘦

一直很想写但注定写不出来的书

那本"很想写但注定写不出来的书"，我想是这样的一种"瞪视的对面"吧？对我而言，《红楼梦》《卡拉马佐夫兄弟》、波拉尼奥的《2666》，或是霍金的《时间简史》（这是受你影响），博尔赫斯的《虚构集》，纳博科夫《洛丽塔》，福尔斯的《魔法师》……

——骆以军

瘦:

这是一个那么博尔赫斯的题目,于是我又去翻读了一次他的《永恒史》,发觉像从未读过一样(事实上他这篇,我生命不同阶段,重读过不下十遍了吧),还是段落处处都想抄录援引,但我这里还是抄这段他之于"永恒"、最小男孩恐惧想象的话:

> 仿佛一个梦中想喝水、而喝多少水都不能解渴的人,仿佛一个身在河中却被干渴焦灼至死的人,维纳斯如此以幻象蒙骗那些情人,可对身体的视觉不足以令他们满足,尽管游离不定的互相交织的手抚遍全身,却不能将任何东西分离或保留……情人们热烈地拥抱在一起,情爱的牙齿顶着牙齿,但他们不能在另一方销魂,也不能成为另一个自我。

博尔赫斯举这个卢克莱修关于"交媾谎言"的"我们的脑额叶意识到那是绝望的虚无和浪费,但就是被那巨大的欲望——不断变化的时间里,个人投掷进去而产生'史',或'未来的记忆'的激情所驱策,在投掷进那不愿意其消失的'极限的光焰',交换货币或筹码,成那个'永恒'"。

这使我想到西藏喇嘛寺里,某种以手指捏"酥油花"的僧人,他们必须在酥油灯烧融那半霜半脂的腴软炽烫状态,将之捏成极薄的羽鳞薄片，然后叠缀成一座巨大的坛城——宇宙模型——里头亭台楼阁、仙佛菩萨、飞禽走兽、繁花百草，而为了抓住那高热酥油花极短变固态之瞬，他们是边掐捏，同时要将手指浸于严冬的冰水里，所以这种酥油花艺僧，许多后来手指是骨疡而截肢。那必然是有一幅，创造者脑海中的"金阁寺"吧。

那本"很想写但注定写不出来的书"，我想是这样的一种"瞪视的对面"吧？对我而言，《红楼梦》、《卡拉马佐夫兄弟》、波拉尼奥的《2666》，或是霍金的《时间简史》（这是受你影响），博尔赫斯的《虚构集》，纳博科夫《洛丽塔》，福尔斯的《魔法师》……这样跟你写信的时候，脑海里的书单一本一本浮现，怎么可以漏掉卡夫卡《城堡》和马尔克斯《百年孤独》呢？自己都觉得了无新意，又像对神灯许愿的贪心渔夫，都是那么美丽，如果我用一生交换，能写出其中任一本，真是死而无憾不是？那一端的秤盘，慢慢，必然会成为小小的一座图书馆（于是那诅咒循环又出现：卡尔维诺的《繁复》提到，福楼拜晚年那部博学又虚无的抄写员大小说《布瓦尔与佩库歇》），但当那酥油灯的光在一阵焦臭的黑烟中消灭，我还是那个徒然过了这平庸大半生的我，手指黏黏刺痛抓了一小坨已凝固但丑陋没翻剥成仙术的冷蜡，这部分我私密羡慕你的。你启动过《天工开物》《时间繁史》《学习年代》这样的"堂吉诃德大冒险"，用你的叙事，如博尔赫斯说的"交媾谎言"，钻进层层复瓣的秘密迷宫、图书馆，或地图的错驳描绘，我曾吞食过它们，却排泄出变貌成让我被浓缩拉扯那幻妄之梦的怪物之鲜艳大便，我被它们变成了"另一种人"（不幸却又至福），却没在下半场，演化成"可能吐哺出另一本永恒之书"的，宇宙大维度意义下，截肢的僧人，这让我在这个生命阶段，悲叹、又匍匐畏惧，深感余日无多，"如果可以身体心智不下坠，而又活两百岁就好了"。所以我突然一瞬灵光领悟，为何我明明读过多遍博尔赫斯的《永恒史》，每次重读却都像完全没读过一样？因为我脑中回路设计的缺陷，我可能是对"永恒"这个哈勃望远镜视觉位置的词，缺乏想象力的那种创作者。他必须是一外于"历史"外于"全景"的小说眼球构造，我可能着魔于近距微观的搏斗、戏剧冲突、动物性的变貌，我可能意识到自己和时代的交涉，在那每一滴下一瞬终将被晒干蒸发的露珠。于是这个问题于我，会变成"很想写但注定写不出来的那个短篇小说"，但这是我们之后可能另一封信的另一个话题了。

肥

肥：

这个题目，也令我想起博尔赫斯的书，但我想到的是《〈吉诃德〉的作者皮埃尔·梅纳尔》。在这篇小说中，一位名叫梅纳尔的二十世纪初作家有这样的"壮志"——写出跟塞万提斯的《堂吉诃德》逐字逐句不谋而合的作品。但他的用意不是模仿或抄袭，而是让自己"成为"塞万提斯（不过他后来觉得这样太容易而改变主意），例如掌握十六世纪西班牙语、重新信奉天主教、忘记近代欧洲历史等，并在完全意识到《堂吉诃德》已经被写出的情况下，写出一部一模一样的小说。

这个（其实是博尔赫斯的）想法看似疯狂，但在极严格的意义上，并不是没有可能的。就如好些主张随机演化论的科学家喜欢强调，一只猴子在打字机上胡乱敲打，而刚巧一字不易地打出莎士比亚的《李尔王》，只要给予够长的时间，不但不是并不可能的事情，甚至可以说是很大机会会发生的。这个够长的时间，当然是指宇宙时间，也即是近乎永恒。与此相比，一个现代作家要培养自己"成为"塞万提斯（或者但丁、歌德、李白、曹雪芹……），并写出跟对方相同的作品，几率就大很多了。所以，设若你写出《天工开物·栩栩如真》，或者我写出《西夏旅馆》，其实也不是太值得惊讶的事情。换个角度说，在永恒面前，我们互相写出对方作品的可能性简直是接近肯定了。也即是说我们的差异还不够大！（体型除外）

不过，话说回来，要是塞万提斯再生，他自己能否"再次"写出同一部《堂吉诃德》也是疑问。因为从相反的角度来说，塞万提斯比任何人更不像塞万提斯，正如我们每一个人也最不像自己。假设我当初没有写出《天工开物·栩栩如真》，而你没有写出《西夏旅馆》，到后来我和你还有可能写出那样的书吗？又或者，就算我们当初的确写出了那样的书，到后来我们要像博尔赫斯的梅纳尔一样，在排除模仿或抄袭（或忆述）的情况下，以作为《天工开物·栩栩如真》的作者"董启章"或《西夏旅馆》的作者"骆以军"的身份，去重新写出那两部书（且不说是不是一字不易），再写出来的肯定已经不是原来的《天工开物·栩栩如真》和《西夏旅馆》了。因此，我们"注定"没法写出来的书，不是任何其他人（不论时代、国族、文类和水平）的书，也不是自己未写的书，而是自己已经写了的书。一个作家要重复自己，其实是不可能的事情。可能性是无限的，但每一个可能性也独一无二。

但我还没有说到"一直想写"。如果已经写了，就不能算是一直想写。我上面说的都是取巧。不如老老实实说吧。我心中在想的其实是一本"求生指南"，姑且把它称为《人间合格》（它的对位很明显了吧？）。别误会，我说的不是那种野外或绝境求生的指导手册（我的一位诗人朋友的确从网上购置了一整套末日求生装备），我指的只是最基本的日常生活层次的生存术。而所谓生存术也没有什么奥秘，就只是衣、食、住、行几方面，一个人如何照顾自己。

例如如何以最简单的方法处理食材，以保持均衡的营养；如何分配家务，维持家居的清洁卫生；如何做简易的理财，而不至入不敷支；如何保持体面的外表，但又不用过度花费；如何遵守在公共场合的礼仪，但又不至于失去自我；如何防止跟别人摩擦，但又不至于自我孤立；如何避免惹祸上身，但又对自己的行为负上责任。简而言之，就是如何独立生活，保护自己；就算不能造福世界，也至少做一个合格的人。一望而知，这是一个极度忧虑儿子的将来的父亲，所妄想能为儿子留下的人生锦囊。从很久之前开始，每当我想到将来总有一天不在儿子的身边的事实，我的脑袋便会文思泉涌，冒出这本书的许多文句和细节来。

也许写不出这本书并非因为"注定"，而只不过是因为这个想法实在太低能。

瘦

生活中真的曾遭遇的"薛定谔的猫"

一旦打开了手机并偷看（观察）了里面的内容，可能性便立即缩减为一个。结果要不就是丈夫有外遇，要不就是丈夫没有外遇，总不成丈夫既有外遇又同时没有外遇。

——董启章

肥:

这个说法真的很诡异,乍看还以为在生活(现实)中真的有一只猫叫作"薛定谔的猫",或者一个叫作"薛定谔"(谁?姓薛?)的人真的养了一只猫,而且给我遭遇上了,情况跟遇上"骆以军的狗"相似。有时字面地去理解(误读)反而会生出意想不到的东西。不过,我还不至于那么取巧真的去胡诌一个姓薛名定谔的人所养的猫的故事。

如果不从字面去看,那就从隐喻去看吧。也即是说,根据那个著名的思想实验的意念,去描述现实生活中一些"薛定谔的猫"式的处境。例如一个妻子怀疑丈夫有外遇,正犹豫要不要偷看他的手机。我们假设丈夫有外遇的话必会留下蛛丝马迹,而他的手机就是那个封闭的房间,手机里只有两个可能性:一、丈夫有外遇;二、丈夫没有外遇。在未打开那手机之前(假设妻子有办法解开密码锁),丈夫有外遇和没有外遇两个可能性同时存在,但不打开却又没法确定。一旦打开了手机并偷看(观察)了里面的内容,可能性便立即缩减为一个。结果要不就是丈夫有外遇,要不就是丈夫没有外遇,总不成丈夫既有外遇又同时没有外遇。所以,事情的结果是随着观察者的行为而促成的,也即是观察的行为决定了观察的结果。在外遇的事情上,妻子的偷看促成了丈夫外遇的发生或不发生,但无论如何,此一偷看行为如果给丈夫发现,便肯定会触发更大的冲突甚至是离婚收场。所以，奉劝妻子们还是别尝试去打开那黑匣子。丈夫处于既有外遇又没有外遇的双重可能性中，总比无论丈夫有没有外遇也因为偷看手机的行为而影响了彼此的婚姻和谐好。

以上的警世故事纯属废话。但无论是字面地去看还是隐喻地去看，也好像无法把那个思想实验移植到现实生活中去。从物理学的角度而言，我们人类所置身的维度似乎没有可能感知或体验超过一个可能性的现实。我们一旦感知（观察可以包含各种感官），可能性便缩减为一。多可能并存的平行世界永远只可能成立于小说和虚构。就算我们把"生活"描述得如何"薛定谔的猫"，那也只是我们通过语言的诡辩来经营的假象，而非生活的实况。"薛定谔的猫"是个好小说题材，只要别写得像我上面那个故事那么烂。它甚至是好小说的特质，把生命中不可能的并行可能性，以想象的方法呈现。

不过，就密封房间中不可确定的双重状态而言，其实并不真的跟现实生活相悖。猫的生和死，就跟人生的有和无一样，并不是互相排斥，不能并存的。《心经》说的"色即是空，空即是色"，就是这个意思。空和有，只是生存状况的一体两面。执有（以为一切皆真实存在）和执空（以为一切皆虚无不存在），同样是偏见。佛家说"见"和说"相"，就是当中那个观察的行为和所观察的现象。问题是，一般的"见"（观察）是"偏见"，即只看到打开盒子之后的单一现象，却看不到打开盒子之前的双重实相。要看到盒子里的实相，需要的应该就是"正见"吧。而所谓禅修，很可能就是那穿透密封房间（存在的黑匣子）的墙壁的能力。

"薛定谔的猫"这个思想实验，可以用《金刚经》的方程式描述：猫死，猫非死，是名猫死；或曰：猫生，猫非生，是名猫生。猫本来既生非生，既死非死，但一经观察，即判定为生或死。此中的假名，就是世间中的诸种现象的临时判断。虽名为假，而借之为有；虽借名为之，而待之为实。此中又涉入了语言（假名）的作用，指称的功能。那个房子其实是我们的脑袋（佛家说"心"），而"薛定谔的猫"是这个脑袋里的语言构造。把这只想象的猫视为丈夫外遇的代名词，又是一层语言构造，或自心的投映。如此种种，与其说是真的在生活中遇到，不如说是生活的本身。每一个人的脑袋里也有一只"薛定谔的猫"。它的生或死，端看我们怎么去看。

瘦

瘦：

我年轻时有一保护自己脆弱如蛋壳内心世界的机制，当受到超乎那时的我能承受的伤害、背叛、羞辱、谎言时，我会像电影里太空舱封闭整个联结的推进室，将之完全抛卸，等于将某一小段的自己弃置漂流向无垠漆黑的太空。这是对的吗？或是不对的？在我的"这个"时光宇宙，还没长到繁复足够巨大峡谷之前，那保存了某种年轻的我，对"未来"的设计草图之童话性纯粹。但被抛卸、远去的那个截断的一截手指般的漂流碎物（死去的我？），它在我全然无知的状态，继续像气泡那样自给自足地在时光中流浪。那一小部分的我，是不是持续等速于"这个我"一样地老去，或是另一种时光流速？它没经历"这个我"后来经验的一切，普鲁斯特式的流水年华，所以我完全无知它会长成一个什么样的样态？或是到底那当时被我内心秘密处决、切除的人，在他（或她）似乎从此和我无关的人生继续演变中，会不会其实长成一个许多年后让我心动、憾悔，超出想象美丽的灵魂小宇宙。

那于我就是我的"薛定谔的猫"，我当然是那个箱子外，因于"不揭开盖子便有无限可能"，但"一揭开盖子则所有可能瞬间量子塌缩，不是一只死猫，就是一只活猫"的无法伸出手的想象者。似乎真相只能是曼桢悲切说的"世钧，我们回不去了"——"回不去"的痛感意味着你说的，物理学上我们确实只能感受到这一义的宇宙，理论上我们知道有无数的繁花多元宇宙，在每一个瞬间绽放或枯萎。但我们只能活在这个选择了并感受的维度里，如果在二十年前的某个歧岔出去的，另一个可能宇宙，我没切掉那时让我痛苦、羞辱、震怒的某甲、某乙、某丙，而是在另一种调光黯影的方式，和某丁上了床，甚至结婚，或我没有狂追现在的妻子，所以现在仍孤家寡人。那进入到我内心感受（像鲸鱼的滤须）的流动的时光，我会在不同序列的某个时间点有不同的体悟，所以会写出和现在完全不同名字和内容的小说（或那个我其实没写小说了？），但那是怎么样的状态？对于我就是一只只"死猫"，小说的秘术可能可以让这些时光膜之外的猫尸解冻，栩栩如生（还是你的词）地站起，伸懒腰，喵叫两声，出现体温和心跳，跳进它的活着的光雾里。

我曾在广州白云机场遇到一个诈骗我的老人，他的相貌、笑容、声腔和我死去十年的父亲一个模样。那使我胡思乱想某一次元的这机场，其实是许多我们死去、思念的亲人，他们继续旅行、转机的一个结界。或我曾在网络搜寻我小学六年级最好朋友的名字，发觉这人像神隐在世界消失，不存在一笔数据，但有一篇奇怪的博客文章，作者是大一学生，描述他和小学好友简硕仪（就是我搜寻不到的当年好友名字）相约去参加当年的"育才小学"的几十年校庆。那就是我当年念的小学，他描述那小小的校园，经过走廊看见教室里那么小的课桌椅，他们还非常无聊在操场以二十岁大学生的身高去灌小学篮筐，还遇见某某老师、某某主任云云。我觉得这篇文章简直像是以我的视觉观点写的，不，是二十岁的我写的，但我今年四十七岁，二十七年前莫说我根本不会打字、用计算机，当时也没网络这种东西吧？而且我从小学毕业后就没再见到简硕仪这个人了，也没再回去过那间小学校园，这时对我发生了一种时光齿轮的松脱，有一个我不认识的二十岁大学生，写文章的废柴气质跟我非常像，在顶多这十年内的某一天，记下这段在我二十岁没发生过的，但很像应发生过的"和简硕仪回小学母校之行"，这文章像孤独在网络海洋漂流的一段记忆码，直到有一天被我看到，看到的同时，却对"现在这个我"的时光唯一合法性产生动摇、重影。

说到这里，我脑海里已浮现期待，想听你说说"火车"，那个切割、恍惚在某个流光中的某件"天工开物"，某个你坐在里面，梦境中的陌生人们，我们那个年代的对号座位，坐下、起身离开。它穿行过什么？存在于什么？或其实又什么都没有。

肥

谈谈"火车"

火车对我，于是是比电影院还要窝在那陌生群体之中，可以用眼角偷瞥前面后面的人，仿佛有时间或曰光阴在流动，是一个共同被困在这段"不存在时光之梦境"里，最现代主义的经验。

——骆以军

肥：

当你提出谈谈"火车"，我心想：真是正中要害。我儿子是个火车迷，而他的迷法不是一般的。不过，这个我们之前谈过，就不重复了。我倒想说说，火车在我自己的经验中是怎么一回事。

"火车"是个不合时宜的名称，残留着蒸汽引擎时代的老旧联想。也许更为贴切的称呼是铁道。今天大部分的火车其实都是电车，但我们还是习惯地把往来城市与城市之间的铁道运输叫作"火车"，而把市内的铁道叫作电铁、地铁、捷运或其他。总之，火车是带你离开所在的城市，跨越你熟悉的范围的一种交通工具。可是火车不像远洋船只那样充满冒险精神。与迎向茫茫大海的船相比，火车的轨迹早已固定，路线完全可以预期，连到站的时刻也经过预先编排，而且循环往复，极为规律化。所以，照理说，火车应该是最缺乏想象力的交通工具。火车的设计把出现突发事故的可能性减到最低。话虽如此，火车在不同的文化想象里却依然令人浮想联翩，那又是为什么呢？

我犹记得二十四岁第一次去欧洲旅行时坐火车的经历。因为是单独上路，没有同行者做伴，反而增加了和陌生人交接的机会。欧洲包厢式的长途火车很容易令乘客打破隔膜。从罗马到阿姆斯特丹的一程夜行火车上，同车厢的有三个意大利男孩，一个意大利女孩和一个自称伊朗人的荷兰籍年轻男人。三个男孩自成一伙，我则与那个女孩用英语攀谈起来，以我浅薄的欧洲文学知识，从卡夫卡开始谈到卡尔维诺。大家一见如故（但没有一见钟情），到天亮时竟已发展到共饮一瓶奶酪的友好程度（因我当时是素食者，而女孩刚巧也是）。我不记得自己什么时候又跟那个伊朗男子聊了起来。他说他是异见分子，从伊朗逃亡出来，得到荷兰的政治庇护，在阿姆斯特丹定居并修读法律。当时非常天真的我，对他犹如电影情节的经历深信不疑。到了总站下车的时候，我竟然毫不犹豫地答应男子的邀请，到他家里去留宿（如果对方换了是意大利女孩……）。一天后我全身而退，没有遭遇不测，还享受了对方殷勤的晚饭招待。后来回想，才觉得自己似乎有点太鲁莽。

其实那也算不上是什么奇遇，但却是火车给我的深刻回忆之一。在那异国的时空交接点上，素来内向封闭的我竟然完全变换了一种性格，好像遇上了另一个可能的自己。是因为运行有序的火车带给人的安全感，令人放松警戒，彼此坦诚相待吗？从某定义来说，那是我第一次坐火车，第一次踏上那时空交接点。从前在老家坐的火车根本就算不上是火车。那时候我才体会到，纵横交错的路线图，精准繁复的时刻表，是火车这种时空交通工具的最优美表达。坐上火车，感觉是进入一趟时空旅行。你要去的不单是一个物理上的目的地，而是存在于不同的次元中的不同可能性。那一程夜行火车上的我，很可能是世界上的另一个我，又或者，经历了那一程夜车，我已经变成了另一个我。

　　然后我想起，埋藏于记忆深处的关于火车的原初经验——那通往一夜星空的银河铁道。小时候断断续续、破破碎碎，犹未有清晰的意识和记忆的动画印象——传统的黑色蒸汽发动的 999 号列车，矮小如地精的车长，勇敢而善良的男孩铁男，一头及腰金发一身修长黑衣头戴俄式绒帽的美达露……尖削的脸上无比忧伤的眼神……对完美机械身体的永恒追逐和追悔……我曾以为，肢体和五官皆严重不合比例的美达露比现实世界任何女子都美，而呈反向不合比例的铁男却又一点不丑。在银河铁道的世界里，火车的一切局限和约束，都变成了无限的可能。

　　但那是孩子时的我的梦想了。今天，如果银河铁路还可能的话，我期望我儿子能拥有铁男的美德，并且能遇到他人生中的美达露，美丽如女神一样的守护者。

瘦

瘦：

真好，真美。这个题目真的是为你设的，觉得你可以谈十次"火车"，每篇都不同，不，觉得你应可写本书，就叫《火车》。很妙的是，觉得你应该是《命运交织的火车》里那个沉默靠着车窗的宅男，结果却在这譬如宫崎骏《神隐少女》[1]其中一段，少女千寻带着无脸男，登上茫茫大海上孤独铁轨上那列电车，车厢中列坐着的全是像爵士乐黑人灵魂乐手，那样悲伤沉默的梦游影子。我以为这是我们这代人对曾经在火车车厢中，窗外被枕木咯噔咯噔切成斑马纹光影，一种看了（这卡通的这一段）会无来由流泪的异乡人，被"天工开物"（你的词）的金属怪兽呜呜无可抵抗地塞在陌生群体中，送往不可知的"地表的另一端"，甚至你提到的"银河铁道"，结果你写出那么温暖而人类友爱的一段文字。

在台湾，我这一代的应有较丰富的铁道、火车、火车站或月台经验。当我想到"火车"，或许我想到的是那灰蒙蒙年代，跟着高大的父亲站在那长条水泥月台，像河岸上看着下面那应是河流，结果却是对我的世界永远陌生，规格大许多的铁轨、枕木和无数的碎石。那些停泊在另一端月台的蓝漆铁怪兽，底部的铁轮子群和机械年代印象的错杂细铁管、阀臂。那年代在火车站总会有两个一组，

1　即《千与千寻》。

直挺挺行走的"宪兵",走路靴底的铁皮踩在磨石地砖上发出啪啪声响,他们总在盘查那些相较下狼狈些,或矮小些,穿较不堂皇军装背草绿背包的小兵。

我感觉那里充满各种气味,像繁花之瓣,小贩、诈骗者、两眼无神的离家少女、找情郎的南部女孩、像我父亲这样的外省人、抽着烟提007手提箱到小镇推销药品的男子、带着鸡笼的农民,那和我平日熟悉的永和小镇,像悬浮比较多品种细菌或气味的一个阴阳境界,那其实是那个年代,这个南岛封闭的铁道腔肠里的说不出忧郁的移动。很奇怪的,一直到我青少年时逃家或搭火车往南部找同学,或很短暂当兵后来退训搭火车南下高雄,那记忆都是我坐在车窗边的座位,身旁坐着另一个梦中幻影,我永远看不见他们的脸(因为腼腆),男人、女人、老人,分不清年龄的瘦削的可能穿着老式西服的"大人",我感觉和他们一起坐在这尘世浮光,窗外喀啦喀啦朝后流逝的,我瞪着看却无声播放的蜡笔画般忧伤的田野:小小的树,小小的公路上跟我无关的小车子或头发逆风飞的摩托车男子载着女子,小小的农舍,如浪的稻穗海洋,像死后或投胎前看到的视觉……

后来读了川端的《雪乡》,一开头就被那收摄我记忆的描写征服了:

黄昏的景色在镜后移动着。也就是说，镜面映现的虚像与镜后的实物好像电影里的叠影一样在晃动。出场人物和背景没有任何联系。而且人物是一种透明的幻象，景物则是在夜霭中的朦胧暗流，两者消融在一起，描绘出一个超脱人世的象征的世界。特别是当山野里的篝火映照在姑娘的脸上时，那种无法形容的美，使岛村的心都几乎为之颤动。

在遥远的山巅上空，还淡淡地残留着晚霞的余晖。透过车窗玻璃看见的景物轮廓，退到远方，却没有消逝，但已经黯然失色了。尽管火车继续往前奔驰，在他看来，山野那平凡的姿态愈是显得更加平凡了……只有身影映在窗玻璃上的部分，遮住了窗外的暮景，然而，景色却在姑娘的轮廓周围不断地移动，使人觉得姑娘的脸也像是透明的。是不是真的透明呢？这是一种错觉。因为从姑娘面影后面不停地掠过的暮景，仿佛是从她脸的前面流过。定睛一看，却又扑朔迷离。车厢里也不太明亮。窗玻璃上的映像不像真的镜子那样清晰了。

这对我的文学启蒙，那么精准强大，似乎教会我怎么"越过一片朝后飞逝的旷野，眼球的内弧却叠印上不可能的透明的最激切绝望的美，同时映照上是自己的那张滑稽无耻的中年男子的脸"，火车对我，于是是比电影院还要窝在那陌生群体之中，可以用眼角偷瞥前面后面的人，仿佛有时间或曰光阴在流动，是一个共同被困在这段"不存在时光之梦境"里，最现代主义的经验。

肥

如果干下那种事的是自己的孩子

犯事者的父母同样遭逢无法控制的厄运，但却不能以受害者自居，而无可避免地要扮演施害者的角色，与孩子共同负上罪咎，甚至会被认为应该比孩子负上更大的责任——父母变成了事件的原罪犯。

——董启章

瘦：

　　这个题目何其悲伤，我想到托塔天王李靖，当他儿子犯下天条杀了龙王，他是要擎起神兵，将那犯天条的儿子击毙，所以才有哪吒刮骨还父、剐肉还母——"人间身份的放弃"。其实我青少年时跟一群"坏朋友"鬼混，有次卷入一勒索事件，主要是对那时我的理解，我们勒索的那家伙是个非常坏、欺善怕恶的烂咖。但这事被教官查到了，对方的父亲是那年代，人事行政局的高官，来我们学校时摆着阵仗，我们学校总务主任、人事主任、教务主任排成一排恭敬迎接。这事让我父亲觉得非常羞耻，他让我跪在祖先牌位前，说"我们骆家没有你这个后代"，他一个月不和我说话，视而不见，等同断绝父子关系。对他而言，打架、被学校退学，这些都是混账事，他可以揍我，处罚的仪式后他可以原谅我，问题是"勒索"这么可耻的行为（我哥们且把钱花了），那让我父亲无法在他相信、实践的儒教义理价值，找到可以回旋变幻、辩说的任何形式。那就是实实在在的恶，所以他的处置方式，是某个切面的托塔天王，"当我没生你这孩子"。那在我青春期的印象是，我被"人间失格"了，那样的我像哪吒一样，父给予的"道德肉身"在这个层次上被收回了。

　　如果要借莲蓬、荷叶、荷花为"新的道德存有"，我想或许二十出头时，那时的陀思妥耶夫斯基、福克纳、三岛，"恶"的繁花是那样进入我的体内，我一直没想象过"如果我的孩子，犯下了那样的罪？"很长的时间，我想的是"我犯下了那样的罪？"譬如库切的《耻》，我（或我身后延伸向我不知的历史）掉进了那么难解、无从解的"罪的深井"，社会化的、铺天盖地的法律、道德、人群语境，都宣判你进入一"不再有华兹华斯浪漫主义之美的光焰"，一个极窄的耻辱的世界。事实上，他被迫扔进一个"用教授的权势强奸女学生的无从辩解的耻辱状态"，像一尾小丑鱼被海葵的千万触须捉住，要到灰白死去为止。一如福柯说的中世纪那些监狱或疯人院，他们一生犯下那光怪陆离的恶行，像梦游者、无人间语言能解释的杀父母亲人、连续杀人，最后，留在档案里的关于这人的一生综观，短短的记录"像一行诗"。

郑捷的地铁无差别杀人事件后，台湾有人在文章提及加缪的《局外人》，那是什么？如果用小说，几乎已去过人类各式各样"恶之地窖"的小说，我们大脑里的触须去想象、趋近理解，为什么会作下这样的恶？将别人的头砍下，在公交车上集体轮暴一个女孩，《CSI》或马修·史卡德的城市里各式各样杀人的行为、动机；"文革"时为什么他们会匿身进一疯狂的群体，旁观着或加入对某个落单者的施暴，把自己独立思考的独特性完全缴械；"为什么"这件事就耗尽了我启动小说的"同情和理解"，"为什么会失去人类的文明脸貌？"真的，我从未想过"如果是我的孩子犯下那样的……"一直到你提出这个问题，我心中暗想"啊！你是比我进化的心灵"，也许我在"父亲"的角色上，始终和郑捷的父亲，或那些杀人犯的父亲，那些恶人的父亲一样，除非恶的黑盒子被撬开了，否则你永远童话地相信你的孩子是那个柔软的天使，是那个害羞的小孩，如那些法庭上的证词"他是个很乖的孩子"。

"如果……"这个提问悲伤到无以复加，我试着想象我可能会有的两种反应：

一、像我父亲，像托塔天王，那个恶的黑洞，让父亲安身立命于这个道德网络的自我想象位置彻底崩毁。"我没有你这个儿子""恳请法官判处他极刑"，社会身份的"法律规定的赔偿"，或亲手杀了他。

二、"我永不放弃你""我不知道为何你会变成怪物？但我会陪伴你"，也许我会自杀，但不是为谢罪，而是对那样的伦理难题无从解。

好像分裂成两个行动的选项，但其实是同一个"人间多出的格（而非失格）"，即"写小说的人"和"父亲"的相同与相悖。我们孵育一个小说时，让它在我们内视的伦理全景子宫里漂浮，长出基因数超出人类所需的，它的毛发、皮肤、心脏、眼珠、血管，它必须"活在"那脱离我们后，自为的宇宙（否则就是失败的小说），每一被翻开，它就活一次，全面启动那我们已不在了的时光，即使它缺心少肺，面孔模糊，它都带着对这世界的悖德性——质疑并且挑衅。

然而，当我们"生出"儿子，并逐渐发觉我们被收进他们的时光，我们被（像被收进金角大王的法宝兜囊）收进他们的世界，我们变成比较像读者，而非创造者，我们拥有的知识、道德想象力、情感的调度，就像一个读者那样卑微可怜。那个担忧、不能承受"他将犯下的……"对我们的痛击、撕碎，他逐渐长大，置身其中的这个世界，有一天将判定他是个怎样的人的这个巨大维度子宫，不见得比那个他、可能是怪物的他，更美好和谐，在美德的种子与恶的种子的秤盘上，更往让我们松口气的那端倾斜。

肥

肥：

这个题目我迟疑了很久，不肯定要不要写。特别是早前不久台湾捷运发生的事，震惊和伤痛犹在，实难以抽离地谈论。这是个一直令我感到困扰的问题。我是在成为父亲之后，才对这类事件变得特别敏感。每次发生诸如美国校园枪击案之类的事件，从父亲的角度而言，我都会不期然想：究竟是受害者的父母痛苦些，还是施害者的父母痛苦些？而从写小说的角度看，作为一种人物代入的方式，最难想象的不是那些无辜受害者的状况，或者他们的家属的心情，也不是那些性格孤僻、沉迷暴力的年轻犯人的动机，而是施害者的父母的感受。

孩子干下了那种事，他的父母即被封锁在深深的无言之中。无辜受害者以及他们的亲属令人深感同情，而他们的伤痛是人类自古以来就存在的遭逢厄运的伤痛，在文学或一般语言运用上（甚或只是声音上的哭喊或嗟叹），也可以得到虽非充分但却恰当的表达或释放。但是，身为父母，自己的孩子干下了那样可怕的事情，内心的痛苦却是人类现有的语言所无法表达的。事实上他们已经丧失了说话的资格，就算是如何道歉也会被指责为虚伪作态，但他们又同时失去了保持沉默的权利，因而不得不公开道歉甚至是悔过。犯事者的父母同样遭逢无法控制的厄运，但却不能以受害者自居，而无可避免地要扮演施害者的角色，与孩子共同负上罪咎，甚至会被认为应该比孩子负上更大的责任——父母变成了事件的原罪犯。

这并不是迁怒于父母这么简单，而是我们的社会相信，孩子完全是父母教养的塑成品。孩子质量或行为的好坏，完全取决于父母有没有履行应有的责任，以及懂不懂运用正确的方法。个人的塑成的其他因素，诸如社会、教育、文化、天生的性格、心理障碍或无法预测的偶然性，都不在考虑之列。至少，在这种非常态的惨剧发生之后，所有可能的理解（更不要说同情）都被强烈的悲愤所排除，而全力导向责任之追究。而矛头指向犯事者本身是不够的，因为犯事者的年轻意味着他无法承担那巨大恶行的重量，又或者他微小薄弱的身影（这种犯人往往并不是人们眼中的强者而是弱者）跟他所犯下的滔天大罪完全不成比例，致使那剩余的部分不得不落在他的父母或教养者身上。

日本当代思想家柄谷行人在《伦理21》中谈到，日本父母为子女犯错而承担责任的情况非常普遍。他举出一九七〇年代初的联合赤军事件为例，指出参与其中的青年的父母为此承受了社会的强烈指责，而不得不为孩子的行为公开道歉，承受失去工作或者无法正常生活的惩罚，甚至有父亲为此而自杀身亡。柄谷对于所谓"世间"对父母们施加的压力痛加批判，视之为扭曲的伦理表现，而对父母们的道歉和自残则感到愤怒。他认为就伦理上说，青年期以上的人应该被视为独立的个体，而要对自己的行为负上全责。父母屈从于公众压力代孩子认错，本身就是对人的个体独立性的放弃甚或是不尊重。

父母责任的问题是争议性的，我们很难在这里说清楚。我只是觉得，在每一次发生这样的悲剧的时候，社会上大部分也身为父母的人们，也许可以尝试易地而处，思索一下"如果是我的孩子干下了那种事情"这样的一个可能性。"父母要对子女的教养尽责任"和"父母要对子女的行为负责任"，两者并不是完全相同的事情，甚至可以说有极大的差异。前者的主动性在父母的一方，只是意愿和方法的差别；后者却不但不完全在父母的控制范围以内，甚至可以说是完全在此以外。尽责任的父母的孩子出现差错，并不是不可理解的事情。而要免除于这样的不幸的可能性，唯一的做法就是不要成为父母。而我听过的最悲哀的故事莫过于，患有过动症而天生有严重暴力倾向的孩子的父亲，为了阻止日渐长大而力气渐壮的儿子有一天犯下害人的暴行，横心把儿子杀死然后自杀。天下父母心，这最最可怜。

瘦

小说作为入魔之境

它其实牵涉着各世代创作者，他们背后那迂回宛转、哀伤共感的抒情，追忆似水年华，是他们那同代人的文明脆弱建筑，被摧毁、捏碎。只有他们调度近似的路径，才以不同面相对那"邪恶"不安，并痛苦。

——骆以军

瘦：

　　库切的《伊丽莎白·科斯特洛》中，这个他伪造出来的老去的女小说家，在不同的国际研讨会谈小说，或小说家可能触及的"道德"困境；或说，小说家如何在这个塞爆了经验、感官、新闻（每天每则像大海中漩流的小气泡、蜉蝣生物的"事件"中的人类形状：战争、仍以十万计的种族屠杀、独裁、强国对弱国的侵略、怪异的杀人、明星的吸毒或性丑闻、政客的倒退回原始部落之野蛮化、末日病毒、坠机、地震）的世界思索。

　　很怪，她（库切伪造的这个澳洲老女人）都是在不同的国际文学码头发表不同主题的演说，"动物的生命"、"非洲"、"性爱"、"基督教或希腊的人文主义"、"美"。但有趣的是，这篇小说，却是在写这些演说的现场或幕后，这个年老的女小说家，如何疲惫、沮丧地在旅馆、机场、研讨会后的晚宴，演说前一晚准备的焦虑，在那样的研讨会遇见的故人，或其他的（赫赫有名）作家之间的红楼梦式观察（在这样的场合，这些创作者显露出来的社交焦虑，或客套言不及义，一种演员在后台的"卸下角色"之庸俗印象，人群焦虑之孤独感）。她在写出的小说，或透过这些小说所累积的道德发言资产，而有限选题的"文学的"发言演说稿后面，她自己面对的真实人生的困境：儿子，老姐姐，从前一夕之欢的老情人，在年轻人之间变成老怪咖的发言，身体对这样的国际学术码头的超现实演说梦游的疲惫。

其中有一章讲到"邪恶"。在一场研讨会中，她发言痛斥了一位英国小说家作品《凡·史特芬鲍公爵的终极时刻》，这小说"在阴郁凄惨的气氛下，描述一个卑劣的人是如何堕落"，描写希特勒的刽子手手下，如何在那些死刑室，杀那些临死前失去人类尊严、啜泣、失禁却又乖顺的老犹太人。她的观点是"那个地下室里发生的邪恶不该被释放出来"，"某些悲惨的时刻，只属于他们自己，不是我们可以闯入并且拥有的"。但这章小说（别忘了它是库切的小说，发表这个观点的女小说家只是他的虚构人物）写到，她竟就在这场文学研讨会上，遇见那位她痛批其作品"不该释放出邪恶"的小说家，她在上台前走去向他致意（等会我要痛批你了，但我不知你会出现在这会议上），或她之后在台上念着那展开道德沉思的讲稿时，那小说家也坐在下面观众席，但他的形象始终是沉默、不回应她，像雕像一样顽固。

有一段她的话"这种说故事的行业，其中之一，就像一瓶封住精灵的瓶子，当说书人打开瓶口，要想再命令精灵回瓶里，那可得大费周章了。她的立场，在她迟暮之年的这个立场，最好还是让精灵留在瓶里"。我相信这不是库切对"小说的道德性"的看法（想想他的《幽暗之地》《耻》），甚至我猜想，那个沉默的、始终不回答老太太的"小说道德性"质问的"邪恶小说家"，有几分他自画像的揶揄成分。但这也不是重点，因为他和她可能并不是站在小说道德的对立面，他们同样被那"看见了，但有没有资格将之召唤出来"的二十世纪之后才出现的"邪恶"给惊骇魇住了。老太太承认，她在阅读到那些地下室里邪恶杀人的段落时，"电流也窜过她的脊椎，撒旦也进入她里面"。

　　如你这次的题目"小说作为入魔之境"，它其实牵涉着各世代创作者，他们背后那迂回宛转、哀伤共感的抒情，追忆似水年华，是他们那同代人的文明脆弱建筑，被摧毁、捏碎。只有他们调度近似的路径，才以不同面相对那"邪恶"不安，并痛苦。当他和她都是垂暮老人时（阿里萨和费尔米娜？），他们想描述，再现"小说的釉烧窑时刻"，绝不是新闻纸上朝花夕拾的"怪异邪恶"，而其实是逼迫他们各自动员小说的细琐支架、心灵藤须、他内在的微物之神，如何被召唤、祭起，像纳米虫，从任何可能的幻现即逝的路径包围、飞行、闪进"那个神离开的时刻，是发生什么事了？"为什么会在挤满人的地下铁列车施放沙林毒气，大屠杀那些无仇、不识、无辜的男女老幼，无感地杀掉挚爱的父母，或像日本有一阵，年轻人无意义地在公园"猎杀"那些无冤无仇的流浪汉老人？

　　我还是相信，那是一种小说藤蔓忍术，往原本"锁在玻璃瓶里"的古典经验或犹是极窄扁的"神掌控的禁区"交涉，抵达之谜的上路、转车，或步行。像《借物少女》偷到人世的可知觉、理解、想象之境，但大江的《换取的孩子》又提醒我们，很可能我们在这样巴别塔式的铺天盖地的"资本主义大峡谷繁殖经验"过程，地底的小妖精会来用冰雕婴孩偷换走我们最珍贵、柔软的核心之物。我们偷了满手的"神的造物术"，可能全是赝品，一阵烟只是破铜烂铁、黑稠之物，譬如华严宗，他们的修行想象是"趋近佛，用佛会怎么在西方极乐的状态、心理活动、感觉，那样拟态地活在这个人世"。然天台，则长出了一块共时的不垢不净，垂直贯穿重叠的"现世秽土"（叠加态宇宙？），妓女、癫子、赤贫之人、恶徒。我想，你说的"如果是我的孩子犯下那样的罪行"，对我而言是那么艰难的小说修行，正就是，一旦长出"另一个"体系（父的，因长时间的积累而错综复杂的鱼头腔骨般的道德体验），要将那个"做了邪恶之事的孩子"在小说上，而非仅世间道义层面的，环抱、包覆起来。或我说反了，它恰是为何"人世"这个词总还是大于"小说"，那样的面对"伦理"踩出的新生的第一步尝试，环抱、包覆起来。

肥

肥：

把小说视为入魔之境，作为你的写作方法，也许不完全是有意识或能自主的选择，但却成为你已经确定下来的小说家的任务。你以极大的同情和悲悯之心，如地藏菩萨之亲入地狱，代入种种假、恶、丑的形象之中，体会其战栗人心的邪恶和灾难，其终极的目标，却依然是挖掘那始终不移不灭的本然的真、善、美。我们上次谈到的，种种难以理解的残酷而暴戾的魔境，出之以我们以为还是纯真无邪的青年，在没有明显或强烈动机下的无差别杀虐，对我们以想象为业的写小说的人来说，是何其严峻的考验。而加上我们身为父亲的角色，问题就不仅是个体行为或心理的单独现象，也不能抽象地以社会或伦理来加以分析，而变成了具有切肤之痛的极为实在的血肉关系了。

但凡听闻类似的事故，只要设想"如果是自己的孩子……"这样的问句，就必然会出现无以名状的内心抽痛和恐慌。作为受害者固然如此，作为加害者却更加可怕。但那是为什么呢？柄谷行人所批判的要求父母代子女认罪和负责的文化固然有其伦理的扭曲，然而所谓成长的孩子作为一个独立道德个体之说，在事理上虽然成立，但在因果的观点来看，作为果的孩子的行为怎样说也不能和作为因的父母完全断绝关系。而单单就这一点，父母就注定无法置身事外。就算就伦理而言父母不应为孩子的行为负责和道歉，但就亲子的因果相依的关系而言，却无法不感到就像是自己亲手犯下罪行一样，而对世界产生负疚之情。如果在这样的冲击之下依然能够维持自己的身心的完整性，那一定需要超乎寻常的正见和定力，或者是极大的慈悲心，而不是任何正确的道德观念。

然而，还有比上面的情景更难理解的状况。最近香港就接连出现了两个事例——孩子所杀的不是他人，而是自己的父母，而这不是在盛怒或情绪失控的情况下做出，而是与友人有预谋的行事。在两个事件中，父母和孩子间不但没有深仇大恨或重大的嫌隙，甚至可以说是（曾经？）和谐而不乏关爱的。其中一案出现"反哪吒"式的剜父母之肉、刮父母之骨的碎尸行为，致使陪审团因无法忍受当中骇人的意念（而不单是恶心的证供）而集体请辞。像这样的事情，并不是被告的心理异常可以解释。而如果同情和代入的能力是写小说的其中一种不可或缺的禀赋，如此这般的故事肯定会难倒不少富有经验和才能的小说家（率尔炒作耸人听闻的题材却似乎是电影界的常态）。道德感是其中一项因素（会否对涉事者做出二度伤害？自己能否拿捏得当而免于哗众取宠？或者如此违背伦理的题材根本不应加以言说？），但我相信更重要的是，事情远远超出常人的想象。

在上述的其中一案里，弑父者事后供称自己患有性格分裂，曾在网络对话群组里开设多个不同名称的账号，扮演不同的人物互相对话，于其间就"有人"提出杀死父母。也即是说，决定并干下那样的事情的，可能是"另一个"自己。这样的特异精神状态，跟我常常津津乐道的、一身分为七十二人的多面诗人费尔南多·佩索阿何其相似？而对每一个写小说的人而言，特别是那些信奉多声道复调思想和人物对等自主性的作者，哪一部作品不是自我分裂和各个扮演的结果？可是，纵使惯于动用如此的禀赋和能力，我相信没有几个小说家敢于认为，自己能理解并同情那个弑父者，而更加没有一个有资格宣称，自己能够设想被杀的父母的感受。小说在这特设的考验上，很可能没法过关。因为这并不是普通的邪恶（与暴力程度无关），而是歪离了语言根本的理性和诗意的、无可名状的事物。对于这样的"悲剧"（原义，非通俗义），相信连最敏感于命运拨弄的希腊人都无法处理。而如果有小说家或剧作家想触碰它，他一定要有入魔的准备——就算他抵得住魔障的攻击或迷乱，他也很可能禁不住心碎。

那位在漆黑的睡梦中遇袭的父亲，当时还高声呼叫儿子的名字求救，而那位母亲却看到了袭击者的真面目，并且喊出了：为什么？妈妈是如此地爱你！

瘦

关于原谅这件事

阿伦特也承认，极端的恶是无法原谅的，例如纳粹大屠杀，因为这种罪行已经完全超出了人类道德的范畴。原谅是在人类道德关系之下才能发生效用的。

——董启章

肥：

　　小时候因为宗教信仰的关系，常常觉得自己罪孽深重，几乎隔天就去办告解。那大概是初中的时光吧，成长期的脑袋中满是胡思乱想，然后就恼恨自己，觉得自己很坏，很污秽，必须第一时间洗涤干净。情形有点类似精神上的洁癖。但愈是洁癖，脑袋就愈是藏污纳垢，生出种种恶之花朵。唯一的解脱方法，就是寻找宽恕。但因为全部罪孽都在脑子里发生，根本就没有冒犯任何人，于是也没有可以向其寻求原谅的对象。而广义来说，一切罪恶首先冒犯的就是神，所以神亦是那位终极的宽恕者。于是我总提早出门，在徒步上学的途中，跑进教堂去告解，就像人每晚都得洗澡一样。告解亭中间那张藤网形同虚设，隔壁那位老神父面对这位"常客"（或"惯犯"），不失慈爱但也有点公式化地训诫几句，便批出诸如念三遍《天主经》或《圣母经》之类的轻松的赎罪功课。从教堂出来，我犹如一个全新的人一样，迎向全新的一天，并且注定在晚间来临的时候，再次陷入罪恶的泥淖中，苦苦等待着另一次告解的机会。

　　《天主经》是这样教导我们的："求你宽恕我们的罪过，如同我们宽恕别人一样。"我总觉得这两个句子的次序倒转了：不是我们应该去宽恕别人，"如同"神宽恕我们一样吗？祈求神的原谅是容易的，因为神是那么的宽容和强大，无论如何邪恶的人也无法伤到他的一根毛发，只要是真心悔改就可以。这说明了一个事实：只有精神上非常强大者才能原谅。如果我们冒犯或伤害的是跟我们一样的凡夫，对方不愿或不能原谅，是一点也不稀奇的。我并不特别做到原谅他人，我最多做到忘记别人的过错。的确，随着时间的过去，遗忘比原谅发挥更大的作用。又或者，遗忘也是一种形式的原谅，因为能够放下就代表已经没有仇恨，代表已经原谅。但是，对犯错的人来说，如果得不到对方直接的原谅，罪恶感和悔疚感将会如影随形般永不灭去。另一方面，如果冒犯者完全没有悔意，受害一方的原谅也会变得一厢情愿，完全没有意义。所以，原谅这回事，必须是双方共同达成的。

　　阿伦特关于原谅的观点很有意思。她并不是从宗教的爱出发，也不是从道德的善出发，去理解原谅这件事。她是从政治的角度，即是人的公共关系的角度，去看原谅。她认为原谅与人类行动的本质密不可分。行动的两大特性是"不可预测性"和"不可逆转性"，即是人一旦采取行动，无论目标是如何清晰、准备是如何充分，也必然陷入偶然性的局面，而且一个行动会自动引发无数的一连串的行动。在"时间"这个因素之下，我们既没法对将来有任何把握，也不能推翻已经发生的过去。于是我们便被困于不确定性（未来）和确定性（过去）之间，踟蹰不前，无法动弹。要面对行动的不可预测性，阿伦特提出了"承诺"（promise），而对于不可逆转性，她则提出"原谅"（forgiveness）。只有原谅才能解开人与人之间因为伤害和冒犯而产生的仇恨死结，斩断冤冤相报的恶性循环，释除那不能推翻和逆转的时间魔咒。不过，阿伦特也承认，极端的恶是无法原谅的，例如纳粹大屠杀，因为这种罪行已经完全超出了人类道德的范畴。原谅是在人类道德关系之下才能发生效用的。

我有点奇怪佛教好像不怎么谈宽恕。作恶的人自有因果报应，当中的受害者似乎没有很重要的角色。善业和证悟也只是自己修行的成果，不依赖任何他者的宽恕和释放。佛前生作为忍辱仙人，被充满瞋恨的哥利王肢解，以大神通还原身体后，哥利王即拜服于仙人之下，当中也没有涉及悔过和原谅的过程。这跟耶稣在十字架上祈求天父宽恕羞辱他的人何其不同。佛教也没有告解的仪式，所谓报应虽然和赎罪相似，但一则不是由于亏欠别人，二则不是为了求取宽恕，而完全是业力和功德的收支平衡。所以，佛教是自救，基督教是他救。如果没有那个宽恕一切的大神，那就唯有自己变大。摩诃萨埵，大菩萨，大觉有情，大心。心大到一个程度，也许就无有伤害和受伤，也没有原谅和不原谅的分别了。

瘦

瘦:

原谅这事牵涉到两种不同的伤害感,一是加法,一是减法。

加法:被强加上"本来我的生命无须要的"——强暴、霸凌、肉体及精神上的暴力、冤狱、造谣毁誉。

减法:被夺走"本来我生命如此珍贵之物"——被背叛、欺骗、被遗弃、感情上"真的"时光投注,对方只在修辞或权力交涉的回旋中,给予伪、或曾经真心,这时那"属于我的"未经同意转移到第三者。

这都是大哉难题。从恋人、从政府、从现代史、从商品、从服膺与不服膺的真理或道德,我发现要搜寻"原谅"这个人类感性的幅员边际,发动与到达,竟像"小说"那般无比广阔。因为它就是在编结着我们对"他感"的纵深、繁复、建筑结构与柔软度,能够演算、推理、回旋、飞行,在人性暗黑深海还能开启探勘启悟的潜水灯,照见那伤害情境的缘由;"为什么要这样伤害我?"天问,诘神,"上邪!";基督问的"父!你为何弃我而去?";乃至你说的一幅宇宙描图,中国人说的"知天命",理解宇宙运行的无可理喻测不准,"天地不仁"心灵上与之和解。

但"原谅"一如小说,乃它总非哈勃望远镜窗口的星空图,它常是私密个人内心,漫长时光中一再回放的"伤害剧场",他必须一次一次将那伤害的形貌,像剥解一只大象的皮、骨架、内脏、齿、皱纹、长鼻或眼珠，剥解然后像盖一座大教堂的建筑结构图，在内心重搭一次那只大象的那么艰难、精细、巨大标本，一次剥解、重组、再拆散、再一次，一次又一次，翻转勘微它无法一次性的。我觉得这个过程，是"原谅"之前的空气蛹，难以言喻，在伤害的细微琥珀时光中，找寻那个结构的最难处。然后，突然有天，豁然找到那个全面启动的机括，用原谅重构了那个伤害，"我原谅你了"——像张爱玲那句"因为理解，所以慈悲"，所以原谅或是对"情感想象力"的，最接近小说家创造小说的一种实践。我在许多个深夜，会魔入心窍，回想起某些昔时，曾受到的伤害，那些伤害有的简直像盐酸烧灼了原本美丽少女的脸庞。我每回想，那酸液便又一次从最微小的孔缝，渗流进我灵魂的各处关节。"为什么可以让别人承受这个？"那样的怨念，像在痛苦之池上方搭盖的金阁，在已有的痛苦的次元上，再搭上另一次元的，对这痛苦的亭台楼阁、飞檐鳞瓦，但天明后，它们就像曾在夜里盛放的昙花，垂颈萎谢，什么都没留下。也许最悲哀的是，从没有所谓原谅，而皆只是遗忘，如尼采所说的永劫回归，"原谅"在这样的时光流失意识里灰飞烟灭。

但我写到这里，还是没碰到你所说的那个，或许宗教意义上的"原谅"，或该说"宽恕"、"赦免"，一个超越的、高于这一切之上的神，只有他可以挪借那分加害者对被害者不可逆的伤害，像一个云端概念的，虚拟的远超出人世全部伤害、怨恨，罪行总和的大水坝概念，无法进入每一细节的"伤害与时光"之天平换算，便设计了这个超级形上所指的，由神父口中诵念出的"赦免"（他又不像佛教，将人世历历感受，放进一霍金式宇宙动画，十倍速快转，或是倒带）。于是那个"原谅"，进入到现代小说所展开的"情感教育"（譬如在葛林的小说、福尔斯的小说、纳博科夫的小说），那个暗黑深渊让人着迷，那个大水坝被炸破之后，可能想测试、探勘，曾经被那样"云端大水坝"可允诺之"原谅"的高空位差，那个被瀑布灌下，超出你的灵魂充满的幸福或激爽、哭泣、涤净，是什么感觉。我觉得他们是站在这样的"不存在的，不会有人（等待戈多？）出现将那缠结的牌阵重洗"，像文明的孤儿院里的大男孩，反推，逆演算，用恶之华扑捉那"宇宙暗物质"般的"原谅"（它不存在，但它必然存在），一种"模仿神"（神面对这样的惨不忍睹，他会怎么使用神会有的情感？）的演剧。

我曾在网络看到一则新闻（三立新闻记者谢姈君报导），关于伊朗一场公开执行的死刑，被害者的母亲在最后一秒原谅杀子凶手，整个行刑过程突然喊卡，免除死刑，让原本也快要失去儿子的死囚母亲当场泪崩，跟被害者母亲相拥而泣。我原文摘录如下：

> 当被害者家属现身刑场时，面对杀子仇人，受害者的母亲拿起麦克风，对围观群众说，儿子死后，她宛如活在炼狱，她无法饶恕杀子凶手。依照伊斯兰律法，被害人家属可以"以

牙还牙"对加害者实施死刑，但就在受害者母亲应该移开凶手脚下的椅子，让他被吊死时，却出现戏剧性转折，这名母亲要了张椅子站在仇人面前用力甩他一巴掌，接着将绳索松开，原谅了这名凶手。

肥

坐在某个角落，无人知晓，
观察着人的那些秘密时光

而很长时期，我少年、青少年时期、青年时期，搭公交车时，若不是很拥挤，我都喜欢坐到最后一排靠窗座，这或许可以做精神分析——"年轻时的我，自我意识是画面之外的，多余的那个人"。

——骆以军

肥：

你说你出这题，是因为想起我的短篇《溜冰场上的北野武》。对的，就是那样的一篇旁观者的小说。一个叙述者，坐在大型购物商场内的溜冰场的观众席上，冷眼注视着场内场外的众生相。溜冰场犹如宇宙的缩影，叙述者以语言追踪漫天星体的运行轨迹，一切仿似客观的纯然外物的浮动和撞击，实际上却环绕着一个黑洞一样的隐形中心。这个中心，与其说是小说的叙述者，不如说是作者自身吧。我作为一个写小说的人，一直在做的就是这样的事吧！甚或是，我作为一个人，也一直就是这样地生活着吧！躲在人群的边缘，藏身在暗角里，避开世界的目光，犹如不存在地旁观着他人的欢乐或痛苦。

小说家格非有一篇非常诡奇的近作《隐身衣》，里面其实没有出现过所谓的隐身衣，只是谣传一位已逝的神级音响发烧友拥有一件隐身衣。其实拥有并穿上隐身衣的，永远是作者自己。隐身衣可以说是小说家的同义词。就算是像你一样，被认为是专门把生活中真实的自己写进小说里去的人，你同样必须穿上这样的一件隐身衣，把真实的自己隐藏，才能忍受把那其实是经过虚构的自己写进小说里去。如果没有这件隐身衣，小说家必会裂皮碎身而亡。某种意义上说，我们都是隐形的旁观者，甚至是旁观着自己的人生，才能把自己的人生写成小说。于是，我们变成了自己的陌生人。而那被隐去的、被保护着的所谓"真正的"自己，因为始终没有也没法被写出来，于是也就等同不存在了。旁观的结果是自隐，自隐的结果是自灭。我们能留下来的，最后就只有那虚构的幻影了啊！永远不会有人知道，真正的我们是怎样的，甚至连我们自己也不知道。因此，我变得非常不信任、甚至是否定任何采访或演说。采访一个作家或听他的演说，以探求或让其展示他的真面目，那是几近没有意义的！

问题是，在道德的层次，隐身的、旁观的作家是不可以被接受的。我不是说偷窥或者披露他人的秘密，侵犯了他人的隐私这个层次的事情。没有一定程度的偷窥和披露，小说根本就不可能成立，所以才不断地出现这方面的争议甚至是诉讼。这是一件永远没法画出一条清晰界线的事情。不过，我想说的不是这方面的道德问题，而是更根本的，小说家作为人类群体的一员的权利和义务的问题。小说家作为旁观者，作为隐身的人，意味着他必须跟世界保持距离，而不能在写作的同时，投身世界其中成为一个参与者、行动者。为此，他必须成为时代的边缘人、放逐者、局外人，被认为是冷漠、自私、犬儒、退缩、怯懦、不负责任。

许鞍华拍摄萧红生平的近作《黄金时代》是一部极为优秀的电影，当中突出了一个看法——萧红在国家危急存亡之秋、在同侪都热血投身抗战和革命的时候，坚持走自己的路，流落香港，并且孤独地死在这块异地上，但是，也唯其如此，她才能写出《呼兰河传》。

你可以说，那是匹夫之责，弱女子如萧红不必承担。但文学史上众多的自愿的流亡者，不正是选择了这样的一个文学的位置，而变成了一个时代的旁证，一个历史的守门员吗？然而，作家这样做并不是真的置身事外，相反，那种不能参与、无法行动的、旁观的距离令他感到加倍痛苦。因为，当中除了必须注视他人的痛苦，还有自己无法施以援手的自责和内疚。他无法站在行动先锋或运动中坚的道德高地去享受别人的赞扬或景仰。他永远落得一个言而不行的恶名。但他也知道，绝对不能动用文学去争取无论多么崇高的政治目的，因为这样必然会把文学牺牲掉。

在我们的时代，我们都不能假装看不到政治。就算是扮演旁观者的角色，所旁观的依然是包含政治的人间戏剧。而如果旁观也属任何戏剧的一个要素——我们不能想象没有旁观者的戏剧——目光本身就是一种关注，一种监察，一种映照，一种反响；更何况，像小说家这样的一个旁观者，最终会把自己化为舞台，让现实的戏剧在文字的虚构世界里改编重演。隐身衣不再只是作家的保护衣，而成为了他参演其中的戏服。

瘦

瘦：

是的，我对这篇《溜冰场上的北野武》印象非常深。多年后还清楚记得你那"环场"观看每个角落，每组人物，他们的动作、特征，这个观察者脑海中数据库对这些移动焦距，像《神鬼认证》[1]里马特·达蒙演的国际特工，在一人潮熙来攘往的开放空间（火车站大厅、地铁月台、马路上、瞎拼大楼内），判读眼前高速跳闪、建构出每个人物在这"漫天纷飞的银杏叶片"中，单独的存有，或两个人的互动，或三个人、四个人以上，张爱玲式的、红楼梦式的，一屋子人在这种关系网络里的脸部表情，话中有话。或因为有了这个"旁观者"，他又将那不自觉被观看人物，在这种空间使用某种语言陈套的权力交涉，或自我戏剧化，形成反讽（当然这是张爱玲的魔术之核：语言的阳奉阴违本质）。譬如品特的剧本中，人物的对话后面时不时出现的"沉默"，丢出这句空洞话语，只为了像探戈舞步等对方的话语踩上来，迂回、试探，或是门罗的短篇，像含羞草，那轻微碰触即改变细茎管内液压，因为敏感害羞局促，所以将全景环场一切浮晃最轻微的心思，全侦测感应，素描在她回去后回潮反刍这空间整晚，所有人说过的话的画纸上。这是我年轻时，

1　*The Bourne Identity*，大陆译为《谍影重重》。

很长时间被迫训练自己的方式。很像那部电影《启动原始码》[1]，那个已死去的脑波被强植，进入那列已被炸毁、全车人皆死去的列车内，一次只有八分钟，时间到他要承受又一次在爆炸烈焰中死去的痛苦，一次又一次，因为他们需要他潜回那"其实已不在了的八分钟"死者的脑残余波，在那死亡车厢内观察、侦探，抓出那个放炸弹在火车上的恐怖分子。等于一次又一次，在那张八分钟车内人物死亡前的幻灯片的反复微勘，我非常佩服这个剧情回路的设计。

事实上，我到可能要三十岁了，台北才出现捷运（地铁）的搭乘经验。而很长时期，我少年、青少年时期、青年时期，搭公交车时，若不是很拥挤，我都喜欢坐到最后一排靠窗座，这或许可以做精神分析——"年轻时的我，自我意识是画面之外的，多余的那个人"、"我害怕被若有另一个观察者观察"。也就是说，我害怕在人群中被暴露出来，希望躲成那个叠在墙上的影子。很长的时光，我每去参加过一次有诸多长辈的聚会、餐宴，必须头颈旋转和不同方向和你说话的人应答，这总让我全身细胞死一大半。回家后，我的脑袋会关不了机，一再回放，像监视录像机，那个晚上，我和某某说话时有没有说了不礼貌的话？我和另一个某某有没有说了什么蠢话？我有没有对某个这空间里弱势的人露出轻蔑？如果有倒带抓到"啊！我说了一定让对方误解的话"，或是"啊！我中了陷

1　*Source Code*，大陆译为《源代码》。

阱，被对方套了我不该说不在场的某某的什么评论"，那整夜我会辗转、忧郁。我想这种"脑中回放录像机的投影屏幕"，在之后的学习，张爱玲的回放投影、大江的回放投影、普鲁斯特的回放投影、朱天文的回放投影、你董启章的回放投影，在真正学会写小说之前，它们改造着我观察可能的聚焦方式，显影的画素——"怎样的人和人之间的关系是有小说意义的关系"。

回到《溜冰场上的北野武》，我刚刚又找来重读了一遍，还是为其精准深深折服，我想："天啊写这个短篇的瘦，那时你才三十岁吧！"那个禽鸟俯冲时高速调换眼球对多重焦距的解析，那个透过"掌控"的多条悬丝般的小肌肉运作，正就是在回答十五年后，我这个对谈的题目"坐在某个角落，无人知晓，观察着人的那些秘密时光"：

以高速旋转的北野武为中心点，旁边的人各自在自己的轨迹上或快或慢地运行着，并没有一刻察觉中心的引力。气功妇人旁若无人地蚁动，小丑男人沉醉于没有笑声的滑稽演出，速度男孩在盲动的冲刺中消耗着多余的精力，马尾少女以恋人的甜蜜眼神注视着教练的嘴唇，年轻男教练却心不在焉地越过女学生的肩膊追踪着扬起白嫩屁股的灰隼群，灰隼女生们挺着无用武之地的胸脯抵受着下身欲望的渐次冷冻，餐厅内的偷情男女拉扯着纠缠不清的关系，女侍应主管向客人和下属坚持着干练的笑容，观众席上的白衣女学生侃侃而谈她们半懂不懂的情欲话题。只有紫衣小女孩停在一旁，以惊叹和美慕的眼神，专注地观看着北野武宝刀未老的陀螺连续旋转，直至她自己也有点晕眩了，摸着脑袋摇摇摆摆。只有她确切感到中心点辐射出来的力量。对所有其他人来说，中心并不存在。

在溜冰场上，这个像牙签建筑酒瓶中的西班牙大帆船，各组人物在被观察者描述下来的同时，已隐秘进行过一次"道德的交换"，观察的局部镶嵌已在那描述中完成，而这其实应在十九世纪写实主义一数十万字长篇中浏览（城市）的观看，或至少是时光更大许多的公路电影，整幅全景播放完，才能得出的"顿悟"——一张北野武的脸，漠然无感性（看似不对眼前历历发生之人事，做出太戏剧性的道德介入），如此孤寂，如此荒谬，如此欲哭无泪，近乎有残缺的黑道人物的动物性暴力反应。

而你却可以将之压缩在香港，九龙塘的一座科幻场景般的 shopping mall 里。

这个关于"观测"（卡尔维诺说"让感觉孤立出来"）的寓言，一座溜冰场，中心如陀螺旋转的北野武不但让那个"隐身的观察者"失望了，他没有如电影里的北野武（或我们印象折痕下的那个薄如剪纸的北野武）那样以朴拙的暴力执行正义，反而在小说的最后，成为那惊悚恐怖画面，伤害的偶然性施加者。

它还是让我想到量子力学中，最初让海森堡提出那细微尺度世界的"测不准原理"。以下摘自维基百科：

> 海森堡设计出伽马射线显微镜思想实验。在这实验里，实验者朝着电子发射出一个光子来测量电子的位置和动量。波长短的光子可以很准确地测量到电子位置；但是，它的动量很大，而且会因为被散射至随机方向，转移了一大部分不确定的动量给电子。波长很长的光子动量很小，这散射不会大大地改变电子的动量。可是，电子的位置也只能大约地被测知。

动量与位置，在一次性的观察行动中，总无法同时兼顾，小说家其实在展示某个"只属于他的显微镜"时，便参与了他脑中人类存在处境的被测量，关于位置的描绘有其摄定的哈勃望远镜漂流之时光代价，关于动态的记录亦有其《Big Blue》深潜冒险而内脏出血的风险。

不过，这应是我们另一次话题的展开了。

肥

南泉斩猫

我疑惑的倒是"猫"的本身。我最感兴趣的问题是：为什么要是猫？为什么不能是狗？（南泉斩狗、薛定谔的狗？感觉有点滑稽吧。）……想来想去，似乎没有任何替代猫的可能。这就奇了，原来猫在这两个事例中具有某种必然性！

——董启章

瘦：

（这是《金阁寺》里的段落）

　　"南泉斩猫"也见于《碧岩录》里的第六十三则《南泉斩猫》和第六十四则《赵州头戴草鞋》两则，这是自古以来公认难解的参禅课题。

　　话说唐代，池州南泉山有位叫普愿禅师的名僧，因山名的关系，世人亦称他为南泉和尚。

　　一天，全寺人员去割草时，发现这闲寂的山寺里出现了一只猫。众人出于好奇，追赶着这只小猫，并把它逮住了，于是，引起了东西两堂的争执。这是因为两堂都想把这只小猫放在自家的寝床上而引起了争执。

　　南泉和尚目睹这一情形，立即抓住小猫的脖颈，把割草镰刀架在上面说：

　　"众生得道，它即得救。不得道，即把它斩杀。"

　　众人没有回答，南泉和尚把小猫斩了，然后扔掉。

　　日暮时分，高足赵州回来了，南泉和尚将事情原委讲述了一遍，并征询了赵州意见。

　　赵州立即脱下脚上的草鞋，将它顶在头上走了出去。

　　南泉和尚感叹道：

"唉，今天你在场的话，也许猫儿就得救了。"

——故事梗概如上所述，尤其是赵州头顶草鞋这段，听起来是难解的问题。

但是，按师父的讲义，问题又不是那么难解。

南泉和尚斩猫，是斩断自我的迷妄，斩断妄念妄想的根源。通过无情的实践，把猫首斩掉，以此寓意斩断一切矛盾、对立、自己和他人的争执。如果把这个叫作"杀人刀"，那赵州的作为就是"活人剑"。他将沾满泥泞的被人蔑视的草鞋顶在头上，以这种无限的宽容实践了菩萨之道。

这是我年轻时从三岛的《金阁寺》曲径回绕学来的"南泉斩猫"。

所以说实话，我脑海里关于这个公案，是层层依附着三岛这本小说，对"金阁"的地狱之美、极限光焰之美，每处脆弱的细部皆歇斯底里的美之支架起，最后却像对疫疬、恶鬼，对那美的颠倒妄幻，终至于这年轻口吃僧侣在故事结尾"放火烧了金阁"。

执念。斩除对美而起的心魔。一切妄幻、憎恨、占夺、淫盗之恶，奇怪的是初始皆起因于对美之晕眩。这当然是透过小说开启，我对这个"控制／占有"剧场的起手式，入门阶。后来读到的几本更全景包围，审视这"美的疯魔"的长篇，譬如纳博科夫的《洛丽塔》，福尔斯的《魔法师》，艾丽丝·默多克的《大海，大海》，或聚斯金德的《香水》。我想这个（我内心的）"南泉斩猫"的遽然、匪夷所思、惊吓、震撼，而颠覆一个审美主体和对象客物之间的缠扰关系，应该很难再撬开、超越以上几部小说对这个命题的"金阁"辩证。

该注视的或不是千年前禅寺里一个高僧突然行为乖异的杀猫这事，而是昆德拉所说的"媚俗"（尤其现代小说，似乎内化这种超出平庸个体之神圣、审美激爽，以疯狂为旋转门。简言之，高度控制性的技艺）——画一个圈圈，将不符合这圈圈的杂驳之物驱赶出去——而是以小说，还原了巴赫汀的那个凡俗、丑怪、民间嘉年华的欲力。但它又常是并置的（绝美的金阁，和那自惭形秽的口吃少年僧或八字脚怪咖），它没有停在以骷髅腐尸去美之执念，而是将之并置在"猫"与"因为猫而起贪执之心的徒弟们"和"因要制约这些徒弟之心魔而起杀心的南泉"，一种美的建构意志，拆解之虚无的心理来回，常是以小说的自我戏剧化、镜像、梦隐喻、仿谑，展演"这个疯掉的，诸神离弃的世界"。

而二十世纪以小说为瓣膜，人心滤鳃最黑暗幽微之境，一种近距离渗透到旧秩序的区划逐渐失灵，混杂想辨识我与他者之行动常要付出极大代价的剥夺，损坏力量低位者，无感受他人之痛苦能力者，一种集体疯狂为一发出神光之激情（或法西斯审美情感）所惑，所谓"反人类"行为者。这个"既要盖出"金阁"之绝美，又要将它烧掉"，"既要从虚空中描出，使看见"猫"然后要挥刀将之斩杀"的二元悖论，也许，是我们所承袭的二十世纪西方小说所开启的"复眼",但同时也使我们观看审视自身的文明"像眼珠被用刀刃割开",它必然要召唤、释放出那原本的说书话语,或图卷视觉,未必要感受到的暴力、变态、金属机械撞击凹毁感、人格解离的痛苦,将他者的心灵史内化到自我感性主体中的错位,鲁迅的酒楼上,张爱玲的雷峰塔。

赵州和尚将脚底草鞋顶在头上,倒退着走出去,是淡然辩驳师父弄颠倒了因果,斩错了,猫何辜?漫野美猫喵喵跑来跑去,干和尚屁事?且和尚眼皮下岂灭绝一切千万分之一瞬的美之怅惘、晕眩、波澜?无法定摄回一持续流动时间主体,那也太过严峻荒枯。一个美的妄念,启动的是无比庞大的人类文明关于美的认识论辩证,何谓淫?何谓情?何为变态?(《八厘米》?《恐怖旅店》?)何为美之疯魔?(《洛丽塔》?)这在内心是像漫天飞雪孤寂又忙不过来的大功课,怎么会灭了禅机,睁眼,曰"杀!"呢?

以下是我从"维基百科"摘下的一段,我其实把这段文字贴在书桌旁墙上,作为对自己训练"小说的内在眼球肌肉",常迷失在那夜海泅泳时的提示:

"三自性论"是唯识宗的另一个重要理论。

三自性是:

1. 遍计所执自性,人们妄执五蕴、十二处和十八界以及宇宙万法都是实有,都有自性,并处处普遍执著这种假有;

2. 依他起自性，一切事物都是依因待缘和合而生的，是相有性空的假有；

3. 圆成实自性，彻底远离虚妄遍计所执自性，真正明了一切皆依他起自性，依他起上彼所妄执我法俱空。此空所显识等真性，就是圆成实自性。

与三自性相对的还有"三无性"：

1. 相无性，一切事物、现象皆无自性；

2. 生无性，一切因缘和合而生的事物皆无自性；

3. 胜义无性，认识到人无我、法无我一切真空妙有之理，即圆成实的真如实性，亦即阿耨多罗三藐三菩提。正像佛在《金刚经》里讲的，"实无有法，佛得阿耨多罗三藐三菩提"，"于是中无实无虚"。"胜义无性"也是一种言说、名相，这里也是出于言语表达的需要姑且说之，实际上是不可言说的。若用《金刚经》的表达方式，即所谓："所言胜义，即非胜义，故名胜义。"

肥

肥:

南泉斩猫，斩什么猫？薛定谔的猫。

我出这题，原本只是闹着玩，没想过卖弄什么禅机。但你说到《金阁寺》，说到"美之疯魔"，那就实在太妙了。以猫为美，那一定是个爱猫者、爱动物者的自然联想。但这个猫咪是怎样的一种美呢？你说是金阁之辉煌，但也是洛丽塔的诱惑，那猫之阴性形象呼之欲出，也很可能就是你的"女儿"的象征？所以我一说"斩猫"，你就要出来为猫说话，就要把你那心中之猫提升至美学的高度，并以不忍不舍不离不弃之心去加以维护了。当然，你也只是怪罪南泉和尚的无情杀念，并未说到我。而我实在是想起早阵子你出的关于"薛定谔的猫"的题目，有点可惜当时没有答出这个点子。所以，才又来勾起这个话头。

两帮和尚抢猫，既可理解为执念而须斩之，但也可以视之为两难，而必须求取一个非常的出路。困在密室里的薛定谔的猫，在同一时间下，既生又死，兼具两种可能性，而成为了西方思想所无法接受的反逻辑状态。这用来说明量子层面的测不准原理，即观察者不能同时测知量子的位置和速率，永远只能得此失彼，就像一打开密室，猫的生或死的可能性便由同时并存而塌缩为其中之一。在这种无解的情况下，把猫立斩其实不是一个完美的办法，因为它只能确认其中之"死"之可能性，而不能确认其中之"生"之可能性。

但无论如何，悖论或悬疑就被解除了。

我同意这是个下策。以杀猫断执著，跟以引爆密室解决那个思想实验，同样没有真正断掉问题的根源。执念根本不在猫身上，正如猫无须对量子测不准原理负上责任。老实说慧根有限的我真的不知如何断念，正如我无法透解那些复杂的量子科学难题。我疑惑的倒是"猫"的本身。我最感兴趣的问题是：为什么要是猫？为什么不能是狗？（南泉斩狗、薛定谔的狗？感觉有点滑稽吧。）为什么不能是蛇？（南泉斩蛇听来不错，可以弄蛇羹，薛定谔的蛇就太诡异了。）为什么不能是牛？（体型似乎太大，而且性格太憨厚。）那么鼠又如何？（未免太小，且不成争夺之物，虽然白老鼠和科学实验非常搭配。）想来想去，似乎没有任何替代猫的可能。这就奇了，原来猫在这两个事例中具有某种必然性！

所以才出现你关于猫的联想——美、高贵、跳跃、灵巧、慵懒、骄傲、神秘、柔弱、温驯、反复、命硬、野性、不受羁绊、难以捉摸……斩之不忍，就把它（她）封印在密室之内，进行禁室培育吧。但这样的禁室培育却又偏偏是见不得、碰不得的，因为有一半的可能是见光即死、触即化灰。于是就只能永远存在于隔墙的想象中，只能以心之眼去凝视，以心之手去触摸。于是就有空幻的文学，通过可能世界的建构，穿透那堵铜墙铁壁，去跟那只心中之猫对视，甚至伸出手去抚摸它（她）毛发温软的身躯，并甜蜜地忍受它（她）那利爪的折磨。

也许南泉真的不该把猫斩杀。他应该把猫放进寺院里的密室，并在密室里设计一个要不就让猫启动并身亡、要不就安然无事的装置。然后照样和两帮争猫的和尚说："众生得道，猫即得救，不得道，猫即杀身。"也许和尚们可以借着这个思想实验得到禅悟。又或者，晚上回寺的高徒赵州，不做那个草鞋压顶倒后而行的怪动作，转而向南泉献上思想实验的设计。又或者，如果南泉的徒弟是薛定谔，猫就（至少有一半机会）得救了。

其实洋人有点大惊小怪。薛定谔的实验本身就是禅。西方哲学和逻辑思维令他们无法理解和接受猫同时是生和死的道理。这对佛教来说完全不是问题。华严学有所谓四法界之分：事法界、理法界、事理无碍法界、事事无碍法界。法界缘起，相即相入，事事无碍，生在死中，死在生中，生即是死，死即是生，生死不二，死生无碍。量子测不准，原是实相，而那个密室早已打开。我们看见在密室之内，南泉和尚一只手提着血淋淋的死猫，另一只手被活生生的猫狠狠咬着不放。也许，在密室里面根本就没有猫，甚至根本就没有密室。没有南泉所斩的猫，也没有斩猫的南泉。或如《金刚经》所言：猫，非猫，是名猫。

然而，我们还是情愿有猫可斩，也即有猫可救。这就是我们此等文学幻相执迷者无可救药之处。因为我们耽美于金阁，于洛丽塔，于那可怜可爱的猫咪。

瘦

人渣之必要

其实真正的"创作者劳作",是像一颗方糖投入大海中,他在一生中的实践,很难自我戏剧化描述"废材之诗意"。

——骆以军

瘦：

其实青少年期，对此种特质的亲切认识，大部分从港片，后来主要是周星驰了，达叔和成奎安是我的最爱。认真一点看，应该是日本战后派那些作家侧滑切入。

渺小的个体，要跟那铺天盖地的心灵钳制、那扩音器放出的国家魂对抗，或是"你怎么可能"脱相干"脱离出那个当代的历史，群体语境，如何能描述你是一颗独立的钢珠"？牵一发动全身，很多时刻，你要创造出这个"描述"（小小观景窗里你摆置的小人儿，他们栩栩如生，活在其中的方式），要如何不被借位、旁征，延伸那已发展成熟、根系盘错，甚至深入各领域的"已被高度动员，建构过的话语"。

你几乎要在时隔非常久之后，才能看出，那个和现实大话语反向而行者，那个心智崩溃和孤独之境的困难（你怎么可能不在其中？譬如库切的《耻》，石黑一雄的《浮世画家》，但你要如何既是审判席上的罪者，又是听证席里的证人？要用怎样的眼睛"看见"你所置身其中的这个文明的暗黑和犯错？你很难——虽然还好后来我们有了卡夫卡——作为你所从出的这个文明之外的人类学家，而又能交代赋予你，指派你这"在之外"的测量身份，那借以支撑的"更高的向往与批判"的文明城邦在哪？）。似乎只能是摧毁、羞辱渺小的"我"的"像正常人那样活着"，他可以下的赌注，就剩人间失格。但其实"废材"又和太宰治这样的"人间失格",或刘以鬯那样的"酒徒"不同。他也不是《地下室手记》那样的"零余者"(譬如台湾施明正的"食粪者"),这样的"废",近乎是献祭了(像你在《必要的沉默》提到塔可夫斯基《牺牲》的那个"除了这样,无能言说"了)。

我故意从港片开始谈"废材",是因这样和你聊"废材"这个词,我此刻无比清晰地领会,啊!是这样的——"废材"(区别于"零余者"、《地下室手记》)一如港片《叶问》里甄子丹的咏春拳,那窄仄、迫近的空间关系,多人拳肘膝盖彼此肉搏的瞬不容发即兴反应,他又非常倚赖这种"港片印象"市井的,餐厅厨房后街追逐时翻倒锅笼晒衣竿,那种气味暴乱、颜色缭乱、镜头摇晃的短暂浮生意识。这可能在同一个年代(我小时候至青春期的那个一九七〇年到一九八〇年代),华人社会其他城市的语境(包括台北、北京、上海),皆还未有这样近距视角,充满颜色、气味、喧闹声的城市人与人关系的"断肢残骸"。大的主体性的悬搁、空白,然散置各处的细节却生命力勃发,藤蔓蹿长,那些卓别林式虚无、快转、机械傀偶化惹人爆笑后头的流浪汉悲哀。"废材"似乎必须挨凑、偎靠这样"城市中的""边缘人",但他们必须有一组人,像足球队小组传球那样,利落灵活做球给伙伴。他们在一个语言或人情世故或瞬生瞬灭的伪扮狂欢中,无中生有,相濡以沫——"因为我们不是被从装配线组装起来的合规格产品","所以我们用这些废弃螺栓、电线、弹簧、齿轮，随机拼装成这样让人一时难以接受，只能诧笑以对的怪物"。

好像在我童年小镇电影院广告牌那些"中影"的爱国片，会混置播放的是许冠杰、许冠英、许冠文他们，一开始是卓别林式的小人物狂想曲。慢慢到后来，刘青云、黄秋生、梁家辉这几个戏精，就是可以把废材气，像太空舱里的无重力航天员，自由漂流，翻转，任意穿梭香港那总是人群背景的街市。已经将"小丑"从昆德拉写"浪荡子的生命钟面"，从"运动员时期"到"诗的隐喻时期"到"淫辞秽语时期"，到"神秘时期"到"孤独时期"。我觉得那时期的港片里的"废材"底色和温度、气味，已脱离像泰迪罗宾这种"小丑的运动员化"，它（在一部一部港片中）长出了一个内在时光感，人与人发生关系，好像有一个"废材国"语境、眼神，他可以调笑政府，调笑富豪，调笑自己是个怪咖。在观看视觉上，是现实主义，但又价值虚无，市井，不要认真，嘻嘻哈哈一队人追打着，就跑到电影结束灯灭，后头那所有人默契地笑的世界。

"废材"啊！其实是作为一个个体，时代后头有个原本可以支架、扛起你的精神性结构，被超乎这个体的什么巨大暴力给压弯了、折断了，无语对苍天。这个"我"在庞大数据的搜寻、解读后，找不到自我戏剧化的角色，不知怎么对应那将语言也攫夺而去，那层层复杂迂回的空洞话语，或感情以一种伪高贵的形式，集体监视或遂行勒索，自觉得你不要成为伪善说道德语言那方，或你不要让自己陷入疯狂。譬如日本那些战后派作家；譬如像哈谢克《好兵帅克历险记》这样的"流浪汉传奇"；譬如格拉斯的《铁皮鼓》里那个侏儒，拒绝长大的男孩；譬如福斯塔夫。但我这样讲，好像只把那向往——在话语或画幅上戳几个洞，它或即可能成为"虫洞"，想象力或情感脱离它原有巨大重力，创造另种窜逃可能的灵活与自由——所谓堂吉诃德向往、巴赫汀向往、赫拉巴尔向往，其实真正的"创作者劳作"，是像一颗方糖投入大海中，他在一生中的实践，很难自我戏剧化描述"废材之诗意"。但我觉得有许多，其实"废材之眼"所只能单一音轨，看见记录的温柔与慈悲，降到那样低位才如此真挚的哀伤与懂得（譬如山田洋次的《男人真命苦》），在我这样的叙述中大量流失，因为"废材"如果不进入废材的"骆驼的眼珠"，他怎么可能说出废材所说的那些挤压、拗弯、捏皱的故事？

废材不可能替废材自己辩护，如果我是真的废材魂的话，我想听听你的讲法。

肥

肥：

我知道你一看到这个题目，一定会摩拳擦掌、兴致勃勃。毕竟，你是专攻这个领域的小说家。我是这样理解你的"废材书写"的：你把废材的存在的可笑和可悲、作为被灭声的边缘者的无言、被排挤的无立锥之地的游离，以及以其自身的残缺不全对扭曲的世界的指证，写成同时充满感情和嘲讽的"废材辩"或"废材颂"。你让我们思考到，文学作为一种关注（暂且不要说到救赎这么高远），不但应对"废材"作为题材或人物而施予同情，甚至必须明了及承认，没有"废材"就没有文学，尤其是在当下这个无论是歌功颂德还是隐逸山林都已不再成为选项的时代，直面真实就等于要站在边缘的、低角度的视点。对于无所不在但同时已百孔千疮的主流和建制，废材或广义的无用者、失败者、零余者，很可能反而是洞悉甚至是穿透所谓的时代精神的特选人或幸运儿。循这思路下去，"废材（人渣）文学"成为了一种必要。

我料想不到的是，你响应这个题目的时候却从嬉闹无聊的港产片入手，把严肃文学中的边缘角色都暂且置于"废材"的领域以外，并据此而自我诘问：对"意义"彻底叛逆（或被叛逆）的废材，真有可能进入文学吗？而注定并非废材的作家（无论私德如何，只要站在"写作"的位置，就不可能称其为"废"），又真的可能代入废材之眼，书写废材之心（如果有的话）吗？这确实是个大哉问，当中涉及书写的根本（不）可能性，或语言及无言的绝对界线的问题。也许，我们留待另一个时机才再尝试深入这些思考险境吧。

我出这个题目，原本是想谈其他的，或者只是想调笑一下你和我自己——我们两个肥瘦相声，一个废人自居，一个斯文败类。我想集中说说自己的虚伪——那跟你相反的，正人君子的姿态。我常常被批评不懂写坏人，想必是对人性欠缺深刻的洞察之故。又或者，其实是自己对"坏"这回事的体验不够。我从小就是那种乖孩子、模范生，像我这样的一种"好人"，或人格上的洁癖者（但绝非完美者），往往会对自己造成不自觉的压抑——责任感重，控制欲强，谨小慎微……久而久之，很容易会形成焦虑症。

有天晚上，妻子不知是认真还是说笑地说："要对治你的情况，你应该考虑一下无赖的方法。"我不明所以，她又说："你的问题就是太认真！太严肃！你这样的状况，还一味看什么禅修的书，思考什么终极的问题，只会变得更加紧张。你要忘记这些超越的东西，做些世俗的事。不要想着要做圣人，要负责任，或者要写出什么来。你知道吗？历来的伟大作家，哪一个是完美的人？作品都写得很高远的，但在现实生活中，性格或者道德上有缺失、有瑕疵，或者总有些不认真、马马虎虎的、胡来的方面，甚至根本上就是个贱人！"我不明所以，问她："那我应该怎么做？"妻一本正经地说："你有没有听过那些乱搞男女关系的作家有焦虑症？有些事情总得有个出口发泄出来。"我非常震惊，说："你提议我搞婚外情？"妻若无其事地继续说："或者对孩子采取放弃的态度，别觉得自己要对孩子的所有事情负上责任。"我说："你教我抛妻弃子？"妻子说："我没有这样说。我的意思是，把心思放在一些无无聊聊的事情上。如果觉得搞婚外情太麻烦的话，可以尝试喜欢上某种食物，很想吃很想吃的样子，一吃到就大满足的那种心情。不要老是想着那些出世的终极目标，想些庸俗一点的东西吧！把心一横，什么也不理，那样的一种态度！"妻又补充说："那样的事情，需要天分。"

老实说，参考伟大作家们的糗史（虽然肯定不缺）并没有很大的安慰作用。攀不上别人的文学高度，就去挑战人家的道德低点，怎么说也是愚蠢之举。在堪称人渣的作家之中，无赖派代表太宰治应该居于领导地位（但你不把他纳入真正的废材大军也有道理）。当然，要向太宰治偷师不是一件儿戏的事情，因为标杆实在太高。不过，如果（假）自杀或（真）婚外情对像我这样无可救药的呆蛋来说过于刺激，我至少应该可以学懂一点点儿耍无赖的小动作吧。

太宰治在《富岳百景》的结尾写了一个小片段，当中的主人公（暂且当是太宰治本人吧）在山上居住已久，眼前的富士山也被白雪覆盖，便决定下山。此时一对年轻女游人出现，为风景所惊艳，并请求太宰治给她们在雪山前拍一张合照。太宰治欣然答应，但因不惯操作机器而有点紧张，在一轮对焦不准的烦恼后，索性把镜头朝向富士山，把两个可爱女孩的身影留在景观之外。女孩们连声道谢，他却为她们把照片冲洗出来之后的惊讶而暗自窃笑。

我扪心自问：如果连这样的恶作剧也做不出来，那么的一种可怜的状况，简直可以说是"人渣失格"了！不过，绕了这么的一个大圈，来说明自己天生做不成无赖，或许勉强也可以算是一种无赖行为吧。

瘦

体育时期

我对"青春"一词很有戒心,写的时候一直提醒自己,不要陷入青春崇拜。既不要流露出一个中年人恋恋不舍地缅怀自己的青春的沉溺,也不要展示歌颂永恒的青春的没头没脑的窘态。

——董启章

肥：

你问我如何出现"体育时期"这个意念，实在是太方便我了。我倒以为，换了由你来写这个题目，会有意想不到的惊喜。那就先让我来说说。

印象中有关青春的作品，不少也是和运动有关的。一群年轻人，热情投入某种运动，不论男女，穿着那种运动的服装，接受地狱式的训练，抹掉一把又一把的汗水和眼泪，在终极的比赛中或胜或败，都会那么地令人意志高昂，情绪激荡啊！这样的题材，在电影和电视中屡见不鲜，在漫画中也不乏。通俗小说呢？我不太肯定。严肃文学似乎就比较稀少了。说到底，这是个先天注定的通俗剧的题材。

当然，我写《体育时期》不完全是这样的东西。但也不能否认，当中是有通俗剧的成分的——两个女孩，一个喜欢摇滚乐，一个喜欢写作，一起组乐团，参加音乐比赛，遇上理想与现实的冲突，还有成长的创伤，加之以两人的情谊和三角恋的情感纠葛……这不就是不折不扣的煽情肥皂剧的故事吗？细说起来也有点难为情了。

我对"青春"一词很有戒心，写的时候一直提醒自己，不要陷入青春崇拜。既不要流露出一个中年人恋恋不舍地缅怀自己的青春的沉溺，也不要展示歌颂永恒的青春的没头没脑的窘态。我自以为在小说中已尽了一切能力去贬低甚至是污蔑青春，但是到了这部小说两次被改编成剧场演出，"青春"还是被标榜出来，作为它的"卖点"。这真是没有办法。

其实就题材来说，这部小说并不是讲体育的。两个主角都不是运动员，除了当中有过游泳的场面，和羽毛球拍的出现（不过不是用来打羽毛球的）。人生的追求和竞赛，广义而言也可以视为一种运动吧。这小说与其说是和运动有关，不如说是和体育课。体育课上所做的，当然是运动，而不是读书或唱歌或烹饪。但是，体育课的意义，和纯粹的运动自身并不相同。可以说，它是集体的、强制的运动，给人的是对身体（以至于心灵）的规训的感觉。当然我是说它的象征意义。在实际推行上，至少就我自己的经验，大部分的体育课也只是松散的嬉戏或者浪费时间而已。

一切源于那条叫作 P. E. 裤的东西。体育课的规训意味，见诸学生们都要穿的体育课制服。它是一般校服的变体，而又比校服更贴近身体，也因而更凸显出约束的意味。有趣的是，男生穿体育服不但没有尴尬，反而满有健康好动的良好感觉，但一般而言，女生穿上体育制服很少不会觉得浑身不自在，甚至是丑陋的（这不同于现在流行的时装化的女性运动服）。相信很难找到对学校的体育服感到惬意甚至是喜爱的女生。这令人怀疑，体育服是不是专门用来丑化女生，让她们看起来笨拙一点，或者是用来抵消她们成长中的身体的诱惑力的工具。而女生的体育短裤，一般都是那种像是排球裤的贴身物体，而且往往是深蓝色的（相信有某种生理上的掩护作用）（至于上衫，通常是中和一切曲线的白色短袖 T 恤）。那是一条毫无美感可言但又有一定程度的暴露的裤子，一种相当怪异的违和感。

坦白说，我对穿上这种裤子上体育课是怎样的一种感觉，完全没有头绪。也许一切只是想当然耳。当中也包含一点点观察所得。我大学本科毕业后，在一间著名教会女校当过两年兼职教师。校方为了保护女生的安全，或者纯粹是减少麻烦，一律禁止无论高低年级的女生在午间出外用膳。可是，学校里并没有足够的位子供所有学生坐下来食用饭盒，而基于某些不明所以的理由又不开放课室作餐室之用，于是就有许多女生索性席地而坐，而坐姿以舒服程度而言，当然是盘腿而坐了。这间学校的夏天校服裙是白色的确良料子的，在光线下基本上是半透明，于是必须在里面穿上白色底衫和底裙，而为了方便盘腿而坐，许多女生都在裙子下面穿上深蓝色的P.E.裤，也即是俗称"打底"了。有些比较豪迈的女生，就可以毫无顾忌地张开双腿，或者做出各种不顾仪态的动作了。当然除了用膳的问题，P.E.裤打底也方便打球，或者纯粹是获取安全感。一种约束性的衣物，在学生的手上，变成了解放自身作为女性的行为局限的工具。这一点是相当有趣的。我就是从这一点开始，有了小说的意念。

顺带一提，《体育时期》有个英文题目，叫作 P.E. Period。一来 Period 指一节课堂，所以可指体育课，二来这个词也和女生的生理周期有关。再者，则可以指一个人生的时期，也即是还是被迫上体育课的成长期或青春期了。

我希望这样的对女生的 P. E. 裤的兴趣和想象，不会构成一个当时刚好步入中年的男性小说家心理变态的证据吧。

瘦

瘦：

我读完你写的感想有三：

1．你的"抒情与变态之核"果然是高中少女！一如我的暴力根本就是高中流氓。

2．我们在十五六岁同龄时，你的心智比我早熟许多。

3．你的小小变态在我眼中根本是超清纯，但为何我觉得"半透明薄纱裙下，穿着P.E.裤"的变态效果，远超过我啊？

我高中念的是纯男校，或许台湾在八〇年代初，高中还带有浓浓的日本军训遗风，而学校教官（全是男性）又带入军队对那小空间年轻身体的规训与惩罚。包括穿卡其制服，教官和坏学生共谋，用制服的"丑——土气"与"同样的丑——怪异，但在许多地方做出其实可笑的叛逆"，到中华路后排铁道旁的整排廉价西服店，订做比其他人布料要白，或熨合身材的制服，裤管故意做成小喇叭，军训帽故意拗折成像飞机或棺材的形状，这在那一整代人的青春期，很成功地摧毁了初萌芽的审美可能。

奇怪的是台北每天早晨，塞挤在公交车里，心灵沉阂枯燥的少年少女们，整片看去是那么的丑。我记得当时我只觉得一女校的制服好看，就是景美女高，淡鹅黄色，若有比较调皮的女孩故意去订做料子较薄的衬衫，那在从集中营般全是灰褐卡其服的男校走出的眼睛中，是有最初始、审美对性的那年纪的柔弱反差。又我也对白衣黑裙有莫名诗意的回忆，但和性无关，而是一种类似张爱玲的《花凋》的，不自觉已被输进"女孩原型"的脆弱，垂着白皙颈子，安静拿本书等公交车的形象。譬如侯导《恋恋风尘》里那张海报，铁道上走着的辛树芬，那就是我那个年代高中男生心目中，莫名感伤、怜惜的清纯形象（而非后来的日本高中制服美少女）。

扯了这么多，是无言想起，我在那年纪是高中这个规训体制的越线者（我共被记了两大过两小过两警告留校察看，后来也没毕业）。但仔细想，我的"越线"，无一是在"性"的社会禁忌这里，全是打架、打架、打架，也就是在"好的反面世界"里的身体的斗殴，骨子里是循从儒家结合戒严那套对性的禁锢。事实上是在我的同伴和街头启蒙，不断建构"男性气概"这件事，包括学抽烟、骂脏话、讲究兄弟义气。我有哥们家是中南部混黑道世家，会炫耀他回家乡被带去嫖妓"破处领红包"的事迹。但那于我好像深海潜艇舷窗看外面的珊瑚礁海蛇热带鱼，并没侵入我内在那秘密的"禁欲"甲胄，如此遥远，且在完全不同的阶级或语言层面，好像知道这事，那压抑禁锢我的家国机器会把它禁制得好好的，没有造成我任何内在的疑惑和混乱。

但这有一个奇异的年少自己把他消音的事实，就是我在同龄青少年之间，身材骨架是粗壮的，当时我是瘦子，但我发现从我父亲，到我大陆那些亲人里的男性，身材都有一高大且骨架粗的同特征。是以我怀疑我的祖先是军队后面的挑夫，高大、肩宽、耐负重物、力气大，但不灵敏，运动协调性差，也跑不快。也就是说，我在校外的打群架场面，是身体的优势者，总被叫出列和对方高大的那个单挑，或是当门神的角色。但是，在学校里，正规体育课的所有项目，我都是较差的（身体素质在现代体育的切分评分，是素质差的），跑步不行，跳远超差，球类运动也不会，也完全不会游泳。当然我可能可以用平时就是班上坏分子，吊儿郎当的姿态，蒙混过那些尴尬时光。

其实，我在想，在三十多岁的时候，就对你这书名《体育时期》特好奇，充满遐想。感觉很像《2001太空漫游》这种空间，里头的人（年轻男孩女孩）穿着紧身隔护的航天员衣服，在一时空独自被标记的飘流物里头，计算（消去）时间，吃某种无菌罐头餐，必须做一些重量训练以免肌肉萎缩。他（她）们多少都有密室焦虑症，并在那日复一日共同被关禁在那同一密闭空间里对彼此关系疲惫，他们可能用耳机听像你写的"椎名林檎"这样的音乐，他们的心灵思绪长成像空气蛹那样透明单薄的物事。这是那时你的《体育时期》给我的联想，我觉得你的小说名称总给人一种时空无限旷远之感，从《安卓珍尼》就如此，它们好像在区隔（一个华文小说地表的习惯重力或植株的名称？）并孵养出，那种失聪者或无重力飘浮状态的"新人类"的神话学小宇宙。

如你所说将"青春"当一孤立对象来观看，这也是华文小说不曾用这样的规格、向度、滤光镜，或彻底的去脉络来探勘这种存在状态，于是它就拉出了一个"董启章秘境"，很难去做基因比序。这些少年少女像在现代性小说空间里，有体育服吧，有校园的长廊和阶梯吧，有实验室的标本浸泡瓶、显微镜，器材教室里的地球仪、大地图挂轴或美术课那些希腊神话的纯白石膏头像吧，应该有拉着单杠或打排球的年轻身体吧，那些课本里被设定的"未来"和真实后来这世界所发生的，有那么大的"脱相干"。这是一个很奇特的，在华文小说河流的激湍小说意识之中，硬生生让某一颗蹦起的水珠，独立出来，放大成一个观看的运动场域。

那颗水珠（像各种角度折射光的水晶球），和后来进入的这个 NBA 的、世界杯足球的、命运交织的网络景观的、好莱坞那不可思议的眼球光爆或高速运动蒙太奇撞击……不同的"安卓珍尼"式的演化孤证，某一个薄薄的昆虫翅翼，它和后来这漫眼的"被镶嵌入大历史，以显影一个人史往往是时代的创伤印痕"的共和小说地表，完全孤立，不同的一个小说意识。又和我后来才读到的玛格丽特·阿特伍德或维勒贝克小说，那样末日感科幻感粒子态的小说印象不同。我想到的还是大江那"神话森林"里的穿梭、迷路，被某些启示录的东西魅惑或吸引，这真的很奇妙，而你也用后来的一部部大长篇开启不同的"后话"。

肥

关于时光旅行

那书墙后面的"五次元"折叠宇宙里，其实是和佛教高僧，相信他们在死亡的那接口穿越后，可以进入一"不受轮回之苦"，时间永远失去重力流速的，金光闪闪、亦真亦幻、无苦寂灭道、无颠倒恐怖的，涅槃。

——骆以军

肥：

你出这个题目真是合时。早前看了《星际启示录》（*Interstellar*）（又译《星际效应》《星际穿越》），没有预期中那么震撼，回家睡得很甜，内心没有过于激动。也不是说，自己已经相当了解电影里面引用的宇宙科学理论，因而没有满脑子困惑，或者对于当中的人情（父女之情）毫无所感而不为所动。只是电影无论如何严谨而富有想象力，它依然遵从好莱坞大片的某些公式，而缺少了开天辟地的气魄。

第二天早上，在公园散步的时候，却突然记起自己多年前曾做过这样的比喻：写长篇就像驾驶宇宙飞船飞往外层空间的孤独之旅，就算途中遇到其他航行者，最多也只能互相挥手致意（当然这样的可能性近乎零！）。而所谓星际旅行也必然是时空旅行，因为物理条件的限制，理论上必须穿过诸如虫洞之类的信道，也即是利用所谓时空折叠理论，"绕道"而行。但是，虽然"绕道"可以节省时间（是上千百光年！），但由于途中遇上的种种重力变化（特别是在大质量星体附近停留或者降落其上），因时间减慢而跟地球时间（及其上等待着自己的至亲的年纪）拉开的距离，却随时是超过一生的差别。

我突然惊觉，这样的在空间和时间上都几乎等于有去无回的外星航行，不就是写作的隐喻吗？一个立志写作的人，必须不顾一切地出发，舍弃至亲，离开地球（人世间），孤身上路，一去不返。在电影中，濒临灭亡的地球派出十二人往外层空间探索宜居的星球，结果有人失踪，有人着陆后死亡，有人孤独地留在外星上，有人怕死而传回来假讯息，诱使地球派人来救。一个立志写作的人也一样，都有自己的一颗星球，作为旅程的目的地。但不是每一个都可以到达，而到达的也不一定能把讯息传回来。

而且，航行者进入的是跟地球不同的时空。因为重力的变化，时间快慢有差别，电影主角回来的时候（其实是回到地球人迁居的太空站）已经一百二十多岁，但却精壮如三十多岁的男子，而女儿却已经成了濒死的老人（虽然她也当上了带领人类逃出地球的大英雄）。写长篇小说不也一样吗？作者经历无数生命的生灭，世代的过去，无法和现实世界同步。可能是太快，可能是太慢。一个人耗尽了无数人的生命能量。很多作家早死，不是没有缘故的。

对的，一个人的能量有限，心力有限。于是，在远方银河的旅程中，为了节省燃料，为了要到达目的地，心目中的那个宜居的、让生命延续或重新开始的星球，必须抛弃一些器材、部件，关掉一些仪器，以最低限度的运作继续前进。这也意味着，根本就没有回航的可能了。只有抵达，没有回归。

但谁知道呢？在电影中，男主角进入黑洞，本来只是打算以生命一搏，尝试把奇点的数据传出来，让人类可以解开重力之谜，解决离开地球的方程式。可是，在黑洞的"另一面"是什么呢？是他自己家里的书房！他在那个异次元空间里，看见十岁的女儿，看见过去。那些从书架无缘无故掉下来的书，曾被女儿认为是"鬼"发出来的讯号，原来是他自己弄出来的。他以超越时空，回到过去的方式，向女儿发出提示，并且把奇点的数据（通过一只坏掉的手表和古老的摩斯密码！）传回去。但是，一切的关键，是他有一位绝顶聪明的女儿，懂得破解那么复杂的秘密。然而，根据电影的主题，其实并不是因为女儿聪明，而是因为爱，因为信任，她才感应到父亲的讯息，并且确信，父亲已经"回来了"。

作家的终极目标，也许其实不是另一个星球，而是那个黑洞，那个奇点，一切物理理论都失效，一切意义都不再存在的一点。但在那里，我们却发现，原来目的地在我们的心中，在我们的意识里。一切终极的小说、文学、艺术，无论去到多远，最后总是回家，回到人的世界，回到自己的经验和记忆。普鲁斯特、佩索阿、卡夫卡、曹雪芹，无数的文学宇宙的远航者，孤身进入精神世界的黑洞，试图把那奇点的讯息传回来。我们有幸接收到他们的讯号，并努力加以解读。而在历史上肯定还有无数其他同样的探索者，无论是优秀的还是平庸的，葬身于浩瀚的黑暗而无人知晓。

而我们这些后来者，还是一个又一个地出发（虽然人数已经愈来愈少），朝向那心中的目标（初时以为是一个星球，后来才发现其实是一个黑洞）；唯一的寄望，就是在那生命和物理现象的边界，通过"鬼魂"的方式，从那"书架"（实在是太美妙的意象了）和

"手表"上把讯息回传，极度渺茫地期待，有一位如电影中的女儿一样的充满过人的智慧和爱的读者，察觉到我们发出的密码，并且加以破解和阅读。

我终于领悟葡萄牙诗人佩索阿的名句："我的心比宇宙大一点点儿。"

瘦

瘦：

你写得太好了，害我几乎无法再多说什么。你把"写长篇"这事，况描到比"堂吉诃德大冒险"、"旷日废时的世界战争"还要美、孤独，或徒然的境界，还让我心有所感，泫然且凛畏。

我的牙医今天跟我说，《星际效应》最后那父亲进入黑洞后，其实那一刻应已被超重力压爆，就死了。后来那一切，其实就是所谓"极乐世界"，一个最后黯灭之瞬的执念，那个意念被永远困在那会把一切物质吞进的黑洞里，只是电影里将那失去时间矢量的一切，剧场化了，高塔建筑化了，图书馆化了。也就是说，电影那后来的一切，包括他女儿接收到他的摩斯密码（秒针跳动），解了那老教授的大公式，最后终于集体让人类脱离已末日的地球，且和后世子孙们在太空中的"栩栩如生"宇宙飞船队相见（那时他还是年轻如前，他女儿已颓颓老矣）。我的牙医说："这一切都只是唯心之境，其实那时他已死了。"他并举例，从前他们嘉义曾发生过这样一件事：一位户政事务所的小职员（多让人想到卡夫卡的土地测量员？），在某个上班途中，过平交道时，被火车撞死了。但他不知道（或不认为自己已死了），于是当地不同人传开，都看见这脸色灰暗的男人，每天还推着脚踏车在平交道边等火车过去栅栏收起，还有人说看过他叫出租车上车要去上班地点，后来是那地政事务所不堪其扰，找道士超荐说你不用来上班了，这"鬼魂"才消失。

也就是说电影里那父亲在无限远的虫洞之外的另一星系的黑洞里，像在一光纤数码，或时光琥珀里头，自由泅泳他女儿从小到大每一时刻，那书墙后面的"五次元"折叠宇宙里，其实是和佛教高僧，相信他们在死亡的那接口穿越后，可以进入一"不受轮回之苦"，时间永远失去重力流速的，金光闪闪、亦真亦幻、无苦寂灭道、无颠倒恐怖的，涅槃。我的牙医说，密宗操作的这个"观想"，观想一朵发光白莲花，观想曼陀罗图案，有次序的颜色景象变换，观想上师神明图案，每一名字诸佛菩萨的脸容、衣裾、手印、法器、神秘的笑意，它不外乎透过反复操练，让你的心在那汹涌瞬变的时间流里，能定摄，不被妄念所占据。于是在那死之瞬（或我们无从知的死之后），像熟门熟路一大型游乐场的轨道车机台，轻巧无恐惧地坐上，在肉身灭绝之际，进入那"永生"的美丽图景里面。

当我的牙医这么说着的时候，我脑中想的正是"写小说"这件事。譬如张爱玲到她人生的"无人知晓其创作之境"的中年后，人在美国，距离那个童年或少女时期的上海何其遥远，但她在（那些神秘时刻）写《雷峰塔》，那里头光影、窄乌阁楼的空气，那些仆佣脸上难以言喻的表情、遗憾、悲哀、愚蠢、残忍，她那写了一辈子的父亲和母亲，那个年轻时无限屡弱、低头、细密讯息在内里爆炸的她自己，或是博尔赫斯《环形废墟》那梦中造人：

他梦见一个幽暗的还没有脸和性别的人体里有一颗活

跃、热烈、隐秘的心脏，大小和拳头差不多，石榴红色；在十四个月明之夜，他无限深情地梦见它。每晚，他以更大的把握觉察它。他不去触摸：只限于证实，观察，或许用眼光去纠正它。他从各种距离、各种角度去觉察、经历。第十四夜，他用食指轻轻触摸肺动脉，然后由表及里地触摸整个心脏。检查结果让他感到满意。有一夜，他故意不做梦；然后再拣起那个心脏，呼唤一颗行星的名字，开始揣摩另一个主要器官的形状。不出一年，他到达了骨骼和眼睑。不计其数的毛发或许是最困难的工作。他在梦中模拟了一个完整的人，一个少年，但是这少年站不起来，不能说话，也不能睁开眼睛。夜复一夜，他梦见少年在睡。

这个结论对我来说实在太悲哀了。

你说："作者经历无数生命的生灭，世代的过去，无法和现实世界同步。可能是太快，可能是太慢。一个人耗尽了无数人的生命能量。很多作家早死，不是没有缘故的。"

霍金说："黑洞发出的辐射会带走能量，代表黑洞一定会损失质量，因而逐渐变小。而它温度会升高，辐射率则随之增加，最后黑洞的质量会变成零。那黑洞里那一部分波函数（它代表的信息是哪些东西掉进黑洞）到时会怎样？直觉性的猜测，或许这部分波函数（以及它所携带的信息）会在黑洞消失之际重新出现。""一对虚粒子其中之一掉进黑洞，另一个逃到远方"，霍金在这里谈了"黑洞建材的 P 维膜理论"，相信掉进黑洞的信息会储存在"P 维膜波"的波函数里，那些信息因光线路径不会弯曲，所以最终会自黑洞中重现。

所以，有两个行动在这里让我混在一起了。

一是，如《星际效应》那个父亲，在黑洞中那时间失去线性流动（或箭矢飞行）的无限自由，我的牙医说那是"死了"的瞬爆无数个他自己秘密内在的量子宇宙。这很像我戚戚焉你说的，小说家在长篇所要远行到达的秘境，他所看见的狂暴瑰丽神秘无限，很悲哀的常其实只是在他眼皮后面，那梦的钟乳岩洞窟"不为人知的奇迹"。确实我的牙医的理性，认定"人体的组织结构，在进入黑洞时，早就炸碎成原子态了"，它不可能如电影那么奇幻，变成二维的金箔片般的讯息段。

二是，我们各自从二十多岁写小说到这年纪，如果其实是像"藏密高僧之观想"，重复做着"对死亡那太巨大的模拟"，我们不是建筑那神佛菩萨的森林，而或是像你的《天工开物》，城市虚拟如在，而人物栩栩如生在其内走动、说话、做爱、活着、思辨，甚至回忆。以"活着"来说，我们在做的，似乎是一件徒然的事。因为它似乎（若以我的牙医的理论）是在对那任何人死去后都拥有的"无限时间"，做一预拟的建筑，只是我们用文字和书本的形式，将它偷渡、摆放到这个"活着的世界"了。人们可以去书店或图书馆买一本我们"某本书里黑洞般封印的小说，梦，或讯息流"，但却无法买那些高僧在涅槃之境，脑中繁花簇放的景观。

以"死去"来说，为什么我们知道那些事呢？如你所说，我们曾那样任自己时空曲扭、高速飞行、潜进压力过大的人心深海，或观测超出肉眼尺度的哈勃望远镜之窗口。譬如像《追忆似水年华》《红楼梦》《2666》这样的作品，天平端活着的时光交换那死境（黑洞或太虚幻境）似乎不一砖一瓦，在那边界辛勤搬动而不可得。有一天，我们死去，像"鬼"一样，希望那我们已不在场的"黑洞"能将那里头的讯息，不可能地发射出来，给未来的子孙（或祖先？）。

肥

更衣室

不过，更衣室跟舞台化妆间又有点不同，在更衣室里面发生的换装，并未把你完全变成另一个人。我们换上了泳衣或者运动服，并没有改变身份，而只不过是改变了状态而已。

——董启章

瘦：

更衣室让我想到了"旋转门"，当然它是完全不同的现代空间的显影，是的，显影，想象有这样一群人，进入到"更衣室"这个暂时性、过渡、像魔术秀的遮蔽箱的场所，等他们出来后，原本身上的衣物被剥去，换成女性的泳衣或男性的泳裤，视觉上极贴近裸露——当然，我这是想到了游泳池的更衣室——于是在联想法则下，很怪的，我脑中突然跳到纳粹集中营的毒气室，之前的某个淋浴室。

这个跳跃太激烈且危险，但那似乎是眼皮下一闪而逝的，我们这个世代对"更衣室"的最初经验之印象：某种集体、公开、众目睽睽的流动线，你（当那个你还不熟悉、现代性空间某种哑剧默契的身体被陌生化，学习大惊小怪，相信系统，相信那个绝对自我的短暂失去掌握）穿过那个换日线般的，有许多门、小衣物柜、长条椅、或是莲蓬头的空间，卸除掉你身上原有的外壳：衣物。之后变成因为不再受那衣物的保护，而进入另一种身份。其实"更衣室"的大师正是昆德拉。他的《身份》，他的短篇《顺风车游戏》，甚至他最早的长篇《玩笑》——无不是面具（或是脸）的换穿和脱卸过程，却神秘深层地改变了那个"我"的内在自我想象。你以为更衣室是无害的，或是现代人身份在不同快速扭换中，不得不、且"文明"默契地在一设计里面，变成另一个你。而最好又不像卡夫卡的《变形记》，某天醒来变成大虫，却不可逆，再也变不回原来的古典自己了。《顺风车游戏》里那对纯洁小恋人只是在公路旅行中，玩起这个"更衣室游戏"（或曰川剧变脸游戏），他和她各自戴上并非日常中"真正的自己"的假面，浪荡子，风骚女，并且进入那面具角色的腔调和关系间的张力。他们感到无比自由，刺激，无数个他们陌生的彼此在这来回换串被创造出来；但后来他们发现慢慢被这"面具的重力"所噬，"回不去了"，愈演愈烈，两人都怀疑对方是否其实有一秘密如这面具下的人格（浪荡子,骚货）？在《玩笑》里，那"更衣室游戏"进入到更深水区：历史；大多数人在历史的暴力时刻的挑选面具，以及之后荒谬的抛卸、换装；即使曾被那段历史深深伤害的个人，怀着恨意、执念，对那被剥夺掉的抒情诗耿耿于怀，想要回来追讨报复；小说的最后，昆德拉的极致荒谬喜剧，正是男主角吕德维克上了他仇家的妻子，但那当年背叛他的朋友早已通过新时代的更衣室，变成新贵，把了更年轻美女，那妻子只是扔在旧更衣室的破旧弃物；变成他这个复仇（给对方戴绿帽子），怨念，自以为的羞辱，只是回收了和他同病相怜，无从声讨正义，悲哀无言以对的，被历史的毒汁腐蚀的面容残缺的"失败"。那经典一幕正是，这妻子知道吕德维克上她又要遗弃她，是为了报复她老公年轻时的恶，悲愤之余偷了吕德维克自称的毒药吞下意图自杀，不想那其实是一颗治疗便秘的超级泻药。于是悲惨又滑稽的那幕是：这女人躲在厕所里（更衣室）反锁，不肯出来，吕着急撞门以为她会死在里面，没想到她是（比死了还羞愤）在里头褪了裙裤狂泻，无法离开马桶。

我最近在读黄锦树介绍的一本《美丽与哀愁：第一次世界大战个人史》（作者是彼得·英格朗），非常感动。在一九一四年那改变世界最终造成百万人死亡、四个大帝国崩解、欧洲强权版图重划的大战刚开始时，许多人根本感受到的只是平静、等待的沉闷、一种对战争的激情和欢快。书里有不同的人：十二岁的德国女学生、苏格兰的护士、奥匈帝国军队里的骑兵、年轻的法国公务员和俄军里的护士、波兰贵族的贵妇、英国军队里的新西兰炮兵、还有年轻的卡夫卡……他们像拼图碎片散在各自准备开战的国家里，浑浑噩噩，惘惘威胁，看不到全貌和将发生的超现实的大批人的死亡。似乎他们正进入一巨大的旋转门，一间巨大的更衣室，那之后他们就是活在完全不同的人类世界了。但这些个人当时的日记片段，他们根本无从想象，那将是什么？他们会变成什么？什么时代的衣物会从他们身上被永远剥掉，换上完全另一回事的衣物？

其中有个叫拉斐尔·德·诺加莱斯（Rafael de Nogales）的美国青年，他得知战争爆发的消息，就立刻搭一艘邮轮前往欧洲，打定主意要参与其中。他得知德国入侵一个小邻国（比利时），于是他想向比利时参军，但被比利时拒绝了；他又向法国自荐，又被拒绝；伤心之余他转投黑山，却被当作间谍逮捕。塞尔维亚和俄国当局同样拒绝他的志愿参战，他在保加利亚会见的外交官建议他去日本试试看（"说不定他们会……"）；在他恼怒失望觉得自己这样无所事事，错过这场欧洲大战，"一定会无聊而死"；最后，他和土耳其大使一次意外会面，使他顺利参军：他参加了另一边的阵营，加入土耳其的军队。

肥

肥：

我之所以出这个题目，是因为上次写"体育时期"的时候，有点意犹未尽。不知为什么，我常常觉得，更衣室是一个隐藏着暴力性的地方。当然，我没有想到纳粹毒气室这么远。我想象中的更衣室，就只是很普通、很日常的那种在学校里，或者是任何公共设施里的更衣室。而且，更衣室往往和体育运动有关。你说得没错，它是一个变换身份的魔术盒子。更换了衣服，就好像扮演不同的角色。不过，更衣室跟舞台化妆间又有点不同，在更衣室里面发生的换装，并未把你完全变成另一个人。我们换上了泳衣或者运动服，并没有改变身份，而只不过是改变了状态而已。

当然，状态可以造成很大差异。平常是同学或者朋友，又或者根本不相熟，大家一起在更衣室里换了装，出来之后，在体育场上就会变成了队友或者对手。因为和体育运动有关，所以关系被简化为两大类——合作者或竞争者。当然，也有一个人去做运动的时候，例如游泳或健身。但是，任何一个单独的运动者，当进入到运动的场域，必然会和在场甚或是不在场的其他运动者，形成隐藏的比赛关系——更快或更慢，更强或更弱等。更衣室绝对不是家里的浴室。无论实际上有没有人同时在场，更衣室也是一个公共的空间。在这里"公共"的意思不单是"开放而且由许多人共享"，而是"个体被置于其他个体的眼中"。更衣室的这个视觉性的一面，让它成为了一个剧场空间。

但是我们在说的是更衣室，而不是进行运动的运动场。更衣室里做的是运动前的准备，也是运动后的收拾，但却不是运动场所本身。所以，更衣室的视觉性和观赏性，又和正式的运动之中的不同。然而，更衣室内有什么好观赏呢？我们首先须排除"偷窥无限春光"这样的不符合实际的想法。种种唯美或变态的情色想象，都只是文学或艺术的虚构。更衣室的实况，是一个绝不可观的地方。一般而言，特别是在所谓的"公共"设施的更衣室，撇除环境的肮脏（始终是个藏污纳垢之地）和气味的绝不宜人不说（其一半的功能是厕所），应用者的肉体大部分都不具备狭义的可观性。而基于两性分隔的规则，除非你是同性恋者，否则也不会对其他同性的身体发生特别的兴趣。而且，在自身其实也不愿意被观赏的情况下，大部分人在更衣室内宽衣解带的时候，也采取了一种当作只有自己一个人在场的心理区隔，也因此而促成了一种在陌生人面前也可以若无其事地裸露身体的无尴尬感。

这种若无其事或无尴尬感，在有熟人在场，例如学生时代的集体更衣的情况下，可能会被打破或干扰。特别是成长期中的青春身体，造成羞耻或不安的可能性更高，而更衣室所隐藏的暴力性就更为显露。只有在这样的情况下，更衣室的性质变得和运动场相似——身体的相吸（合作／情欲）和相拒（竞争／暴力）。更衣室于是不再是一个"若无其事"的非空间，而成为了一个"煞有介事"

的场所，也即是一个真正的剧场或舞台了。也许，我所写过的更衣室的场面，都是在这样的定义下发生的。

再者，更衣室还必然具有"还原"的意味。它是一个必须连续进出两次的地方，除非你在运动的时候暴毙。当你转换成竞争或合作（或同时）的状态之后，你必须还原为"日常"的状态，回复跟他人"日常"的关系（当然日常关系里依然有竞争和合作，但那跟在运动当中不同，而且更加复杂）。所以，运动状态既可以是日常状态的投射或缩影，但更多的时候扮演着从日常生活暂时区隔或逃出的角色。在这出入于日常生活之间，更衣室就像一道门。可是，这道门的门槛也具有一定的阔度，以至于你必须在这门槛上停留并进行特定的活动——脱衣、更衣、再脱衣、再更衣。在这停留状态中，你好像什么也没做（你要做的是稍后的事——运动或回到日常生活），但你又的确在做着什么，而且，于文明人来说其实也是非同小可的事情——脱光保护性的衣物，暴露出隐私性的身体。这个在文明社会被最严密地保护着的东西，在更衣室里却可以毫无保留地展示出来，说明的也许不是人在此间回复了"自然状态"，也因此而能坦然相向，相反却可能是更为文明的一种"视而不见"的自我压抑呢。

瘦

咖啡屋

我在那些时光，那些角落，读了我这些年来大部分的阅读之书，也几乎是在那些咖啡屋里，写了我三十五岁以后大部分的作品（除了另一场景——小旅馆，但那是在台北全面禁烟令之后）。

——骆以军

瘦：

在爱荷华的时候，那是个全城禁烟的小镇，或其实就是在大学里的街区，有银行、有一排酒吧、漂亮的书店、有感觉颇贵的西班牙菜餐厅、印度餐厅、有在河岸起伏的森林间高耸的教堂尖顶，感觉像圣诞卡里的童话街。我白天会拿块画板去河对岸一棵大松树下写稿，预先买一杯热咖啡，那空旷处可以抽烟。我眼前是一大片绿草如茵的空旷地，一些金发，穿着运动背心、短裤，戴着 Walkman 耳机的美国女大学生，从我面前慢跑经过。很怪，很少看到黑人，或亚裔，或阿拉伯人。感觉就是非常漂亮，在台湾不熟悉的深秋的林相颜色扩延视觉散焦的全景，透明的空气，像玻璃纸那样不真实的河面波光。还有一些典型美国年轻男生几人一列，远远地划着轻艇，我通常在那排我也不知是啥（听说是一美术馆）的建筑物围墙脚，一略废旧无人照顾（所以满地都是细碎的腐烂或干燥不同散布的落叶）的阶梯树荫下，坐到心里发慌，但回旅馆房间就无法抽烟了。

我因不会英语，总躲着人，那两个多月很像一只穴鼠。后来是几乎都要离开了，大约是十月中，河岸边很冷根本坐不住了，那些伊斯兰教哥们（他们很喜欢我），我不记得是叙利亚？埃及？马来西亚？哪一个国家的小说家，告诉我并带我去那街区上一家可以抽烟的咖啡屋。那对我真是天堂降临，其实那是一家雪茄店，吧台是两个典型白人 Gay，壮壮胖胖的，手臂全是刺青，感觉他们是一对伴侣，酷酷的，用咖啡机帮客人弄咖啡。我坐在那屋里其中一张小桌，身体挨挤着一桌一桌的人，全是非常老的老人，坐着电动轮椅进来的，瘸腿的残障，还有牵拉布拉多导盲犬的盲人，那大狗就乖乖吐舌坐我身旁。感觉平时在这大学城里没看到那么多的、肤色较深的印度裔人，都聚在这烟草店或咖啡屋里，我可能是里头唯一的东方脸孔。还有，一些非常胖的胖子，我在他们里头，抽着烟，读我的书，写我的小说。那种因不会英语，在那国度里每一秒存在的焦虑感消失了。

那是我在爱荷华时，最幸福的一段时光。后来我想，我那样坐在那遥远国度里，像无声电影里的画面，那种安定的感觉，和我生命这近二十年吧，在台北的任一家不同的咖啡屋，坐那儿抽烟、读书、写稿的，身体对空间的解读，或开启巡弋，或低度的周边感官摄入，那感受竟没啥差别。好像一走进咖啡屋，一种也许像某类人到不同国家的教堂，那个透过隔着吧台帮你煮咖啡，那咖啡机蒸气喷出的一小团白烟，空气中的味道，人们温驯地凑坐入属于他的那张小圆桌，低头看书、看报、喁喁低语，或用他的笔电工作，有一种不侵犯人，也无法用更高消费让这店里主人和你形成权力对位和紧张感（譬如走进银行、餐厅，或卖衣服的店）。

说真话，这个题目我真是百感交集不知如何切入啊！"咖啡屋"它可以说是我过去这近二十年在台北的"追忆似水年华"啊！

我几乎是在那些我脑海中像年老登徒子回忆不同时期——那些曾和他有过肌肤之亲，垂颈偎靠，离开后便不再遇见，那些不同光焰不同小小隐秘性格的女孩们——浮现出一间间台北温州街师大路青田街罗斯福路巷弄里不同的那些咖啡屋啊！我在那些时光，那些角落，读了我这些年来大部分的阅读之书，也几乎是在那些咖啡屋里，写了我三十五岁以后大部分的作品（除了另一场景——小旅馆，但那是在台北全面禁烟令之后）。我二十岁到三十岁住阳明山山里，之后有七年住深坑乡下小屋，一直到这十来年住进城里，很多时候，我其实无从建立"我在这座城里"。咖啡屋是很奇妙的小小租界，星际航行的太空站，甚至它形塑着某种情感教育。这且不提，有太多的破碎时光：我要去参加某个全是长辈的聚会，那之前的焦虑紧张肾上腺素狂冒的神经质时光；某场演讲或座谈，要走进"杀头台"之前的，脸皮都麻刺沸跳，脑袋一片空白的时光；孩子们不同时期，我要接送他们，之前一段前不着村后不搭店的垃圾时光；等候年轻时的妻子像小红帽去逛街，之后两眼发亮或一脸疲惫来与我会合的安静看书时光；去医院看视过瘫卧的父亲，之后找一间咖啡屋就是坐个十分钟让情绪平缓的时光；或是有太多个夜晚或下午，我和不同的小说家、诗人们，在不同的咖啡屋，听他们那让我目瞪口呆的故事。

它几乎可以成为我的——如卡尔维诺那用塔罗牌牌阵搓洗，繁殖出故事的"命运交织的城堡"和"命运交织的酒馆"——我可以搓洗出我的"命运交织的咖啡屋"。它可以细细抽长出故事，某种交换的，但似乎又少了譬如深刻的职业纵深；少了那种伯格曼式或张爱玲式剧场的对话中雕刻语言和表情和内心对决的凹沟；它也不像酒馆，会有赫拉巴尔或布洛克那样的金黄琥珀液态的失控或罪的故事，那些妓女、侦探、毒枭、杀人犯……没有那种撩人的可能性，眼球没有那么快速移动；其实它比较像是无数个在多维世界被堆栈而上的许多间私人书房。但你又像最早的人们第一次在城市里使用公用电话亭，或出租车吧，你是被一不存在的玻璃墙包围着，但其实你像水族店的玻璃缸里的鱼被公开展示着，你用近乎一把铜币的价格宣示，这段短短时间，这一小格的空间属于你。甚至因它这种空间里构图、几何线条、色调都太简单（也许近乎教堂的缩小许多，但同样是给予那被尘世的丑和混乱压垮的人们，有一产生神秘、灵性幻觉的空间），是以像音乐学院的老教授，通过让那些年轻的提琴手，来一段巴哈的小提琴无伴奏曲，来评断他未来可否有能力驾驭更繁复艰难的曲目演奏——我觉得咖啡屋或许就是我想象的，我们这样的先天像被割掉某种全景繁花经验感受器的小说探索者，关于"能否演奏一座城市"的练习曲。但或许要练习过上百支、数百支秘密的曲目吧，它那种掏洗挖掉整渔船下渔网的内脏眼珠的那么多不同鱼们的全景构图，一个较大、较朦胧感受的城市"身世"，便可能在快弓乱弦中浮现。

肥

肥：

你的咖啡馆经验真是令人神往。那已经不是一般意义下的一个地方，而是一个修道场，让你在其中练功、修行，从文字（阅读）汲取能量，然后又把能量转化回文字（写作）。而处身咖啡馆的那种既存在于世间，又抽空于世间的若即若离的状态，本身就是一个作者出入于真幻我他世界的经验。

相对于你的咖啡馆经验的美妙、丰盈和多姿，我的简直是乏善足陈，完全无法相提并论。于是就想到怎样躲闪，避开有如你精彩描画的咖啡店全景，而侧写某些堪可入文的时光片段。侯孝贤的《珈琲时光》我非常喜欢，但那种电影感的咖啡馆经验却从来没有在我的生活中出现过。这样说来，我是完全没有资格谈论咖啡馆的。下面的话，聊以相和，献丑了。

我的咖啡时光异常短暂，可能只有两三年时间。我说的是泡咖啡馆的日子。而我泡咖啡馆的日子，就等于我喝咖啡的日子。是的，我以前是不喝咖啡的。在四十岁以前几乎是一滴不沾。

我也不知道是因为突然生起泡咖啡馆的念头，而开始喝咖啡；还是因为出现了喝咖啡的欲望，而开始泡咖啡馆。而为什么会突然产生泡咖啡馆的念头，或者生出喝咖啡的欲望，也是说不清的事情。也许，都是跟写作有关吧。喝咖啡，是因为那种味道和身体反应好像有助于提升灵感；泡咖啡馆，是因为那种姿势和氛围好像很切合一个创作者的状态。而既然决定了要泡咖啡馆，那就没有不喝咖啡而喝其他诸如茶类、奶类或果汁的道理。而我由不喝咖啡到喝咖啡，一开始就选择了意大利浓缩咖啡或黑咖啡，除了不加奶，也一定不加糖。也许是为了一步到位，立即成为一个真正的咖啡饮者，加奶加糖乃至等而下之的各种花巧的味道，实在算不上是咖啡。这就像一个本来不懂喝酒的人，一下子就挑战茅台或者伏特加的层次，或者一个从未闻道的凡夫，一下子就修炼即身成佛的法门。结果如何，可想而知。除了受苦、胃酸倒流和心跳过速，似乎未有任何超越性的体验。

想来开始泡咖啡馆应该不是因为《珈琲时光》吧。要是这样的话，就注定大失所望了。在香港，完全没有东京那种老式咖啡馆的氛围，当然也和台湾的咖啡馆文化差一大截。先不要说因为铺子租金昂贵，咖啡馆都由两大连锁店垄断，就是地少人多这一点，也令咖啡馆立即沾上了本土特色，就像传统上茶楼"饮茶"一样——"搭台"和"等位"。"搭台"就是小小的连两个餐盘也不够放的桌子，也至少可以坐三至四位互不相识的客人，为免肘碰肘脚碰脚而各自缩作一团，在狭迫的距离中佯装自有天地，或看书或温功课或把玩手机。"等位"则是你的身后总会站着一两位拿着餐盘而极力引起你注意的顾客，把自身罚站的苦况化为对这些面前的杯子早已空着而还赖死不走的自私鬼的控诉。所以，我泡咖啡馆的时候总得定时加购新的饮料和食物，于是就接连消耗好几杯浓缩咖啡了。

话说回来，我之所以喝起浓缩咖啡来，可能就是因为这种环境的使然——以最小量的饮料、最便宜的价钱和最大量的购买次数，来延长自己占用座位的合法性，和减轻当中的罪恶感。当然，减少去洗手间的次数也是重要考虑，因为这类连锁咖啡店多数位于商场内，而去洗手间往往要离开店子而到较远的地方，极为不便。人不在而继续霸占位子已是一大恶行，把个人物品留在座位上无人看顾也是一大问题。总不成每去厕所都要把手提电脑带在身上吧（当然有时候也可以托"搭台"的顾客帮忙照管一下，如果觉得对方信得过的话）。有时候因为怕麻烦而忍着不去，结果又增加了一项烦恼。种种或内或外的干扰加在一起，真的要有禅定大师的修为，或者自闭症患者的天赋，才能如如不动，安住自心，专注于工作了。

在这样恶劣的情况下，我的咖啡时光竟然延续了三年左右，实在是一项奇迹。这三年内我的写作质量大大减少，也不知应否归咎于这个无谓（或有害）的习惯。不过，我后来之所以停止泡咖啡馆，不是因为不利写作，而是因为身体机能出现严重混乱，而决定不再摄取任何对精神产生刺激性的饮料。而我依然认为，一个不饮咖啡的人，是没有资格泡咖啡馆的。

在戒掉咖啡之后，连同不抽烟，不喝酒，（还有不近女色？）我获得了迈进圣人之境的基本资格，但对一个作家、一个艺术家来说，就似乎太欠缺品味和风格了。我始终无缘成为一个文艺界的"型男", 而只能谦卑地做一个连品茶的老派文士也不及的、只懂喝港式奶茶的港男了。

瘦

病

桑塔格批判以疾病为隐喻的文化偏见，试图还疾病
一个真相——疾病就是疾病，并无更多或更少。依
我看，疾病永远不可能只是疾病。有人认为，只有
把疾病作为疾病本身看待，才能正确及公正地加以
医治。但什么才是疾病本身呢？

——董启章

肥：

病在写作人之间是很流行的事，我也未能免俗，加入了病人的行列。前些时文学馆的同仁聚会，聊着聊着就聊到彼此的病况，焦虑症、忧郁症、失眠症、胃酸倒流、肝硬化等等，互相交换着药物、疗法和养生的心得，说得兴高采烈的，一点都不似一群患病的人。俗语说"同病相怜"，我看更多的时候是"同病相羡"，甚至是"同病相争"，好像要在谁病得更厉害上面较劲，又仿佛病情的轻重隐喻着某种文学价值。

谁说到病与文学，都引用桑塔格的《疾病的隐喻》。桑塔格批判以疾病为隐喻的文化偏见，试图还疾病一个真相——疾病就是疾病，并无更多或更少。依我看，疾病永远不可能只是疾病。有人认为，只有把疾病作为疾病本身看待，才能正确及公正地加以医治。但什么才是疾病本身呢？病原为生理性的疾病，例如细菌或病毒感染，或者癌症，我们觉得是客观存在的，是和患者的性格或身份没有关系的，所以也不应该对患者附带价值判断。可是，患者还是会因为特定的行为或生活习惯，而增加成为患者的风险。于是，就很容易溢出了纯粹的客观性。

至于被定性为情绪病的诸种精神病，虽然也极力地被科学化地解释为生理现象，例如脑部的神经传输机制出现问题，但是，总无法完全脱除主观的因素。只要看看诸如"忧郁症"、"躁郁症"、"焦虑症"、"恐慌症"、"自闭症"（孤独症）、"过动症"（过度活跃症）等等名堂，便知其表意方式已经远超"隐喻"的含蓄而简直是"白描"或"直述"了。当然，晚近似乎也流行以"自律神经失调"之类的科学语言来淡化价值判断的色彩。告诉人家自己患上"自律神经失调"真的比"忧郁症"或"焦虑症"好听多了，好像因此而得到多一点的宽容和谅解，少一点的怀疑和责备。不过，对文学人来说，我们还是喜欢"忧郁症"和"焦虑症"那种充满情绪联想和诗意能量的字眼。"自律神经失调"？太没劲了吧！

　　说到底，"把疾病当成疾病对待"的目的，是去除患病的负面形象和道德包袱，堂堂正正地面对疾病，并与之对抗，但是，衍生出来的却是"抗X斗士"的新形象，结果还是无法脱离隐喻。事实上，无论是"病"还是世间上任何一种现象，也不存在"自身"的未被感知的纯粹状态（康德所说的"物自身"），而一旦被感知，就必然是感知者自心的产物。所以，病始终不止是病，还是对于病的感知和观念。把感知和观念所形成的看法称为"隐喻"，并无不妥，问题只是当"隐喻"成为了文化的定见和偏见，我们才要提防。但一般来说，本来就无法抛开的"隐喻"，正正就是我们理解甚至是塑造自我和世界的方式。更极端一点地说，一切认知都是隐喻，根本就不存在"白描"，甚至"白描"本身都是一种隐喻，也即是观念或感知对不可得（或不存在）的"物自身"的投映和替代。

　　我们未必都爱生病，但我们都爱上那疾病的隐喻！无论桑塔格怎么反对，怎么呼吁，我们这群人都是没救的了。佛教说苦有两类，一类是自然的苦，一类是自身造作的苦。前者诸如生老病死，或遭逢意外，虽然自远因来说也有其业报的效力，但自近因来说并不是人自己招来的。后者则是直接由自己的行为和思想导致的。就疾病来说，情绪病或精神病比较接近后一类，纵使也有其生理基础，或者偶发因素，但亦有一定程度属于自己造作的结果。但因为处于心理和生理因素的交界处，情绪病有某种"假作真时真亦假"的暧昧性。长时间因为生活上的压力或焦虑，或某些思维习惯，而慢慢造成了生理的变化，呈现为实质的身体上的不适和失调，这当中有"弄假成真"的意味。但这些非常真实的身体不适或行为失常，背后却又找不出一个实在的病原体，也即是一个客观存在的元凶。当然我不是说情绪病因此都是"假病"，都是装出来的，或者只是幻想出来的。但说它是自心无中生有地创造出来的东西，则不远矣。情绪病就是不折不扣的对自身生命的隐喻性创作，所以顺理成章成为文学人的恩物。

承认患病和否认患病，永远都是两难。承认，是面对现实、对症下药的态度，但久而久之，亦会变成沉迷。否认，等同于讳疾忌医，可能令病情恶化，但也许亦是走出自困的契机。自己创作的隐喻，为什么自己不能拆解？不过，这需要殊不简单的修为。就算暂时走不出去，只是看着自心强大的创造力，也真是有点惊讶。真是一种"天工开物"、"栩栩如真"的感受呀！

　　我只知道，病也有它的好处，也就是可以理直气壮地推掉许多不想做的事情。当然啦，想做而因此没法做的事情，也多着呢。到最后，就变成呆人一个了。

瘦

瘦：

　　我前年中曾经发生了一次小中风，跑了医院一两个月，后来糊里糊涂好了（医生说："被脑吸收了"）。当时心中悲伤莫名，实在这二十年吧我太操这架身体了，好像把它当一辆破烂二手车，拼命改装、榨挤那处处破洞引擎能输出的任何一点动力——那些中国老成语全用上了，竭泽而渔、杀鸡取卵——就为了催油飘逸，令真实的处境，要为了生计干那许多杂活。这其实也没啥好说，一年一年这么过去，也看出这是大结构的问题，我们同代或往下十年二十年的小说创作者，几乎全在这样的颠簸坑洞的路况。哈哈我果然用上了"隐喻"：把小说的实践想象成一部公路电影，不，一场公路拉力赛车，既要飙速，又似乎有一张鸟瞰卫星图，那些死亡陷阱般的坑洞，急弯断崖、沙坑、乱石阵、必须闪避的突然闯进视野的山崩落石、暴风雨、雷击，甚至炮火乱射的战场。有一个感受上的神秘悖论：时间。当你曾进入"写小说"那孤独驾驶舱的极速时光，你进入到一个"时间不存在"的曝闪状态，像电影《超体》，车窗外的种种，可以快转，四倍速快转，更多倍数快转，或是倒带、停格。然而年轻一些的小说家无法领会的，在那样的急速时刻里，其实你的小车仍在一无边无际的旷野，那么渺小地奔驰着。十年过去了，二十年过去了，你似乎一直坐在那强光切开眼瞳的驾驶座，然而，像某部滑稽卡通：你所滥操、不理会它存在的这辆车，开始轮圈脱落、爆胎、油管破洞、排气管脱垂、螺丝钉像奔跑的犀牛沿途泻痢掉落，车窗开始出现蛛网裂纹……

总之，那就是疾病。

如你所说，那是一张长长的病历表。我的部分在多处说过：忧郁症（比较严重的几次，或每年会复发的比较不严重的）；失眠（以及为了压制这失眠，长期服用安眠药造成的智力衰退及梦游，以及这梦游中夜复一夜的暴食而暴肥）；沿脊椎龙骨上下的"整组坏了"。这都只是基本款，直到大脑里某条微血管终于爆了（其实我十几年前就曾经"颜面神经伤残"，有段时间半边脸歪了），才终于意识到这个车体结构的物理性塌坏。从前我总想四十五岁以后的创作力将逐渐火焰黯灭、炉膛渐冷，一心想着如何对抗这"运动员黄金时光的结束"，拖延它，像冰原里的落难客拍打自己脸颊不使朦胧睡去，不想竟然是生理上的"余生"或比想象中提前降临。

我其实像小孩怕鬼，看恐怖片最值回票价片段即用手遮住眼睛。对于疾病，想只要不去看它，它就不存在。所以我从不去医院做体检（除非碰到这种麻烦的病）。一般感冒、胃溃疡、颈椎拉伤、头痛、过敏，或甚至现在长期服用的抗忧郁症药，都是去西药房买成药。我这几年的安眠药也是跟一位"药头"拿。我特讨厌去医院，那些手续、我那些像梦游等候较好的时光。或有人警告我："你这样乱吃成药，老了会洗肾。"我想：我应该活不到那么老吧？如果能活到小说写不出来的年纪，洗不洗肾似乎没那么重要了。重点还是如何在这有限时光中，把能用的管线借来接上，像那些太空漫游电影里的故障宇宙飞船，借肾补肝，割椅垫堵轮胎。这个隐喻延伸出去，可能以我有限求生的小说创作，因为活在这个时代这个岛屿这样的文学环境，他不自觉地形成一种"补了"式的和世界连结、对位、摄影，惊艳地攒取、暂存、与使用。说实话，我们承袭的二十世纪西方小说的方法论，其实整个就是大范域的，通过病理学来操作对这世界的理解或回忆。如果那医院长廊意象的尽头，是死亡的无解黑夜，或焚化炉的粉尘味儿，则这条小说的长廊，卡夫卡的病，伍尔芙的病，普鲁斯特的病，波拉尼奥的病，纳博科夫的病，聚斯金德的病，鲁迅的病，张爱玲的病……不是指他们各自的病史；而是透过小说，不同的手术刀，止血钳，点滴瓶和皮管，割开而显露的组织，病菌的扩散意象，福尔马林气味或玻璃罐里浸泡的某截孤立的器官，病房，某种洁白油漆或口罩上方眼神的沉默警告，一种窄促感，一种档案室里一格格铁抽屉里无数人们关于他们异常的记录……或是苏珊·桑塔格的"隐喻"，我们怎么会不进入疾病呢？肺结核、癌、或艾滋，病毒乃至免疫系统"疯了"，甚至如你说的忧郁症躁郁症恐慌症，甚至像 *Doctor House*（怪医豪斯），疾病成为一种"命运交织的城市"里管线错繁，层层累聚其"病态"线索的推理剧场。它们像一座座难回古典时光的大城市，被建构出来描述出来。不再是那"小镇医生的爱情"，检验室、断层扫描、病毒培养皿、染色体、侵入身体的超微小金属器械、抗组织胺或伪装成不同内分泌的各种毒药。甚至不是一座医院意象的"我是这里头其中一个病人",它似乎要穿过那死荫之境,是更抽象防疫语境,鬼魅无形的 SARS,禽流感,埃博拉。

　　有一阵子我的椎间盘突出(俗称坐骨神经痛),那个痛,像科幻片的电殛窜流,像只为了惩罚不让你在书桌前坐下,我去我家附近一老旧复健科诊所,结果他们只要我躺上一张金属机械床,像古代车裂刑那样把身体上截和下截拉开。医生的解释是,在那截脊椎和脊椎间,有一片像贻贝的软件组织滑出来了,脊椎间少了那玩意当"避震器"吧,那之间的神经丛多而密,所以从腰臀到大腿会疼痛欲死,用那金属机械床把脊椎拉开,那软垫又滑回去,就没事了。我去拉了两礼拜,还真的好了。说来这种治疗的经验,真是极难得极难得的,古典又幸福的时光啊。

肥

续病

但事实上你身旁这一歪倒的病患，一离开那幢掌握医疗体系、医学话语、看护轮班的城堡，你感觉就像鱼离开了水泽，只是张合着嘴吐泡泡等着枯竭的孤立无援——于是你才发觉，关系才是硬道理。

——骆以军

肥：

病这个话题，很难是愉快的。但对于有自虐狂的文学人来说，却又总是说得乐此不疲。上次和你谈完一轮，意犹未尽，又再来一轮，真是久病成痴了。

你把小说家的病描述成一出公路电影一样，惊心动魄，差点叫我看得立即焦虑症爆发。废车和病躯，真是绝佳的隐喻。看来在现世当小说家的前景真是黯淡。有时也会想，自己很可能跑不完预定的旅程了。偏偏又是自己把目的地定得特远的，有点像横越整个地球的拉力赛，挑战各种严苛的地形和气候，结果单单地想象一下前路，就已经是近乎无法跨过的心理障碍。当然，这也是自作自受。谁叫你把赛程定得这么艰难呢？路怎么走并没有客观标准，你可以跨越五大洋七大洲，但也可以在自家附近的小公园悠转几圈。可是啊，自己选择的是无尽的马拉松一样的长篇小说。可以用原地跑的方式完成马拉松的距离吗？

有一个说法，认为艺术（包括文学）具有治疗作用。我看这种说法完全站不住脚。文学，至少是我们有过的经典文学，虽然和疾病息息相关，但却治疗不了疾病。只要看看那为数众多的因病而亡的作家，要不就是他们的作品都不够艺术性，也因而疗效不足；要不他们就应该统统都痊愈，长命百岁。就阅读的角度而言，看《追忆似水年华》绝对不能治哮喘，看《到灯塔去》不能治精神病，看《城堡》不能治肺病，看《我是猫》也不能治胃病。弄不好的，还会愈看愈严重。亚里士多德主张的涤净作用，似乎和治病无关。

对待病的态度，我跟你是相反的。你是粗豪型，心急型；我是谨慎型，也即是多虑型。我会做很多检查，看很多医生，试很多疗法，读很多信息。这些往往都是同时进行的，于是就会造成治疗的交通大混乱。检查永远无法让人安心。查出你哪方面没事的，你会转而怀疑其他方面，甚至怀疑检查的准确性，或者不信任医生对结果的判断。医生的断症也有主观的成分。只靠望、闻、问、切的中医不用说，就算是西医，也会因为专业分科，而只从自己的专门领域去判断。于是你看什么科，你就在什么科的方面出事。就像胸痛和气短这一症状来说，看心脏科说你心脏有事，看胸肺科说你哮喘，看肠胃科说你胃酸倒流，看精神科说你焦虑症。如果是中医的话，也有肾虚、胃寒、脾虚、肝火、痰多等等各种的说法。一副病体，简直就是一部现代主义小说，可以从中做出分歧多义的解读，而且好像都各有道理。

信息的发达，好像让我们更轻易地对各种疾病及其治疗获取认识，从而更加安心，但却往往反而令病者的思绪更加纷乱，甚至令无病的人很容易觉得自己有病。自生病以来，做得最多的事情就是利用手机上网查信息。表面上好像对问题增加了掌握，事实上却令自己更加焦虑。有时觉得自己是这个问题，有时又觉得是另一个问题，来来去去，永无止境地猜想。另一个问题是更容易得到药物的信息，于是一收到医生开的药单就上网查药效，结果就对什么药都失去信心，因为副作用方面总是说得很恐怖。就算是中药，也查出许多用药的顾忌，或者某些药材的毒性和过去出过的状况，于是又疑神疑鬼地，偷偷地减药甚至是停吃。

更多的"知识"反而制造更多的疑惑，也近乎瘫痪了治疗的可能性。不断的参考信息令人陷入过度的思前想后、三心两意的困局。一个疗法三两天得不到效果，便转换另一个，再不成，又换另一个，再不成，又转回先前那个，兜兜转转，循环往复。期间禁不住不停检视和估算各种出问题的可能性——会不会是错判？会不会是过量？会不会是不够？会不会是什么外来因素的影响？诸如此类，层出不穷。最后，就成了心猿意马，药石乱投。

也许，这一切都是心病作怪。我说的是心，而不是精神，或脑部，也不是心脏。奇怪的是，我们明明是有心的，心也明明在主宰着我们的，但我们却不知道心在哪里。我最近看的一位中医说：心病还须心药医。看似是老生常谈的一句话，但在我而言，却变得非常玄妙。因为一直在思考心的问题，于是便兴起写一篇关于心的小说。想着想着，突然就觉醒，不是我要写一篇心的小说，而是心在写一篇我的小说。心其实才是小说家，而我只是当中的人物。心要写一个短篇还可，但心偏偏就像我一样，喜欢写长篇，所以，自生病以来已经两年，而且，似乎还要好些日子才能了结了。

瘦

瘦：

我父亲在二〇〇四年春天过世，一眨眼竟十几年了。在那之前，他因中风，其实已半植物人状态卧床三四年，把屎把尿擦澡喂食，都必须靠我母亲和一瘦小的菲籍看护照料。他崩倒进入大医院体系，大约在不同医院不同科的病房流浪（医院人球？）了一年左右。这之间是我哥哥陪伴在床侧，随着他被这家医院赶出，像仓皇辞庙时推着轮椅上像老爬虫类一脸迷茫的父亲，背着大包小包护理用品看护垫或保温杯行军折叠椅，后头跟着小个子的菲佣女孩，再换另一间医院，挂急诊，打电话托关系（看有没有认识的谁认识的谁有关系，可以和哪家医院的八竿子擦点边的谁谁，帮忙弄个病床床位），在街车行人的光影中，且战且走再决定下一个宿头。

在现在这个系统化、卡夫卡化的世界里（网络，电视媒体，ATM，捷运悠游卡，到 Costco 刷信用卡买牛排或超大桶冰淇淋或小病痛到小诊所使用健保卡，使用超商叮咚叮咚），若不生重病，你不会意识到自己是社会弱势的一方。事实上，医院的住院请托，在层层遮蔽、铜墙铁壁的没有病床，标准评估不须住院——但事实上你身旁这一歪倒的病患，一离开那幢掌握医疗体系、医学话语、看护轮班的城堡，你感觉就像鱼离开了水泽，只是张合着嘴吐泡泡等着枯竭的孤立无援——于是你才发觉，关系才是硬道理。真的够力的关系，一通电话，真的像哈利波特，从不存在之境也硬变出一神秘的病床。

但是，很多时候，"不够力的关系"只让你看到真实人世里，灰头土脸或狼狈的那一面。譬如父亲在辗转流浪，从这间医院被 check out 之后，我哥哥或我紧急打电话请托的，那搁浅的时光，我们曾在除夕夜，陪着昏迷的父亲在那一帘一帘充满死亡气息的大急诊室度过，天亮时邻床（都是这里临时的可推式担架床）的老人没等到医生，就去世了，真的出现一个职业道士在一旁摇铃念经，并且后来还有不同家的葬仪公司"抢尸体"而争吵起来。

或譬如一位我父亲当年有恩于他的范叔叔，后来听说生意做得挺大，我们子辈的没联系上父亲那辈的人际网，溺水抓浮木，病急乱投医，父亲倒下后我们从通讯簿找到电话，他拍胸脯让我们安心，说那时荣总哪个科的主治医生，或哪间教学医院的院长和他一起打高尔夫球的。但照着他给的名字，挂号，以及暗中推开那道"已打过通关"的门，发现一切冷硬照健保规矩。报出那叔辈的名，对方一脸莫名。一再打电话去，电话已从此关机接不通了。

这样的领会，也许距我们二十多岁时，在一密室像隐秘植物草茎，长出那时如黄锦树所谓"内向世代"的小说，那梦游者般的人，那像布鲁诺·舒尔茨笔下的神秘的人，那像法国新小说的打散成水珠洒进空间里的"敏感的知觉"……已注定要远行了。透过父亲的病，好像剥开金属洋葱，打开不同档案的小格，作为一种对我所置身的时代、城市、蛛网网络所在位置的漫游启动。是的，它是一种通过"病"而出现的原本的演奏乐器并没有的共鸣箱。那必须在你原本的小说衢道打破个坑洞，爆管，塌落，你好像才多长出来的，外接回路的人工心肺。所以疾病的小说场域，要作为一嵌入现代意识的大型计算机运算之海，我想无论是展开怎样的故事，它都是某种意义的"科幻小说"。"在之外"。内部的线路如何密密布贴，仍无法说这个故事。这个"我"透过我们这时代的病，必须被通过那些血液离心筛检、超音波、断层扫描、核磁共振、各种药品的密密麻麻针对症状或副作用之说明书，或我前面所说"医院的政治"……被翻译成另一种存在处境。也许我们曾透过土地测量员、图书馆管理员、校对员、革命军上校、蝴蝶收藏家、间谍、侦探，或就是某个小说家，或你的"独裁者"，去重构、发明一个现代异化的世界，它变成另一层面的说故事了。很像《星际效应》，他们在无限远的另一星团的完全陌生星系间，凭空重搭建一个生存的模型（或根本只是一组传输的庞大讯息波）。没有过一个时刻，探勘人类存在处境的"小说"（或所谓"写实主义"延伸下来的，背负对历史和现实批判这意念的小说），和"科幻小说"距离如此之近。

　　"病"或是死亡之作为"活着"对立面的，一种不完全态，一种过渡，一种如同伯格曼《第七封印》那武士和死神下棋，以拖延、说情、阻碍死亡那么轻易地降临。这似乎也正是我们进行着的"（现代）小说"，所做的事（如昆德拉所说，那个武士，或作为塞万提斯大冒险的骑士，已不可逆的都只能是卡夫卡笔下的土地测量员 K 了）。作为那"终将将所有意义吞噬进黑暗和空无的死"之前，无限张开，繁簇绽放，横向扩张虚构之境的"和死神的协商"。对于活着这件事来说，它已不可能再是那"正常"无有变态的活着了；兜回你所说的"一副病体，简直就是一部现代主义小说，可以从中做出分歧多义的解读"；"俗语说'同病相怜'，我看更多的时候是'同病相羡'，甚至是'同病相争'，好像要在谁病得更厉害上面较劲，又仿佛病情的轻重隐喻着某种文学价值"——我的看法比较是：因为现代小说是这样一件违反古典"人"、"自然"、"时空间感"，像在几万英里外的外层空间检修宇宙飞船的线路，或穿着厚重防护衣进入核爆后的非人之境，或深海下的潜水员，或进入地心熔炉内的探勘者……这件活儿高辐射高爆高速高强度，长期在一变态的扯裂解离或"人格分裂的操练"，在心理层面是必然、自找、难逃那你我同业们的职业伤害的，只是那些极限运动员撕裂的是膝盖、脚踝、肘、腕，或肩关节；我们伤的，是渺小个体想吃下这世界的噩梦，那个终被光爆电击过后，焦黑的脑中线路吧？

肥

星座

像我这样的一个星座无知者，写这个题目注定自讨苦吃。我懂什么，能说什么呢？特别是在你这位星座坚信者的面前。我既无资格附会说星座怎么准确和意义非凡，也无资格说星座只是些骗人的玩意。

——董启章

瘦：

星座这玩意儿我觉得真准。但"准"是啥？它的仿心理学式直指你性格内在形状、对位、图描、隐喻，总之，一种心领神会的描述，但又不那么建筑学、几何结构严丝合缝的尺标。

譬如我到现在与年轻创作者在咖啡屋初次相见，常顺口先问："你是啥星座的？"好像手中先有了张设计草图或路线指南，对方的言行、他说的奇想怪事、他的身世、他讨厌啥喜欢啥，或怎么结构的讨厌喜欢、动态或静态的讨厌喜欢，或一阵风一阵火还是旷日废时像水滴穿石的讨厌喜欢，他做不做作、难搞不难搞？说的承诺是一分三分还是七分九分的当真？

他为何会变脸如翻书？或只是某种自我戏剧化使然？如果我遇到某些被爱辜负、摧毁、不成人形的女孩，现在的我会先想知道，"那是双鱼的梦境剥解？还是天秤的天衡破碎？还是就牡羊的爱嚷嚷我好痛？"当然这都只是游戏，且最初阶的对星座的理解。但我还是觉得准。

就是你不把它当真，它还真像幽灵，眼皮下闪烁的碎光影，就还真浮晃存在在时光中，各种深浅关系的身边人的行为性格中。即使时光长到，亲人如我母亲、妻儿，关键时我还是抓抓头，"嗳你就××星座的"。这些年林林总总遇见不同的按摩阿姨，我趴那儿，第一句问的，总是"什么星座的？"然后就两小时故事自动开启。

我和她们皆不熟，有的就一面之缘，但那些阿姨们，悲惨的、乐观的、让人尊敬扛着一大家子经济的，或年轻些就像张爱玲《桂花蒸阿小悲秋》那底层女孩的……她们各自说自己是啥星座，再展开身世，对那些处境的感叹或评价，我还是觉得准，就是她们说的那星座的想事情方式。

也许在某种心智训练上，星座的话语是像我从无知时读霍金的《胡桃里的宇宙》，它是一种凭空的，在大脑画屏上想象出不是既有经验能平面长出的抽象模型。

它终究是一本科普书，即使我觉得我顿悟或理解那所有章节的，关于时间膨胀，黑洞让讯息消失的讨论，膜宇宙或事件视界……我终究没读过（或也无能力读）那后面无数的论文，我会在另一本科普书和又另本科普书，或再遭遇这些名词或概念，但我终不是物理系学生，我的凭恃：我还有余生可以好奇求知，那可以在"知道"和"可操作，并创造"的巨大空洞间，再放进参照系的知识碎片。但你知道它和历史学或化学不同，它是一个非常复杂，模型建立的同时那些暂时标记出维度的直线弧线就在模糊消失。它很像佛教唯识宗说的"假谛"：暂时设定一个现有语言难以直接描述的游戏牌，然后用它来朝空无或随机数做更复杂的扫描。但你知道它是游戏，暂时借来的。

其实这样的结构，有点像中国的紫微斗数用《封神演义》的人物来拟人那些命盘主星的性格；或将水浒人物或《红楼梦》金陵十二金钗，变成斗牌或书签，也就是现在的游戏卡；《火影忍者》《灌篮高手》《神奇宝贝》……

它们似乎是为了发动故事，但这些故事似乎犹带着希腊神话人物的精神力量，与命运的纠缠，一种比现代心理学话语更自由如巨鲸摆鳍的神秘景观。更朴素，更任性，更没现代学科或城市边界对想象力的籓限。你如果是要问命运，我觉得它的诗意晕染比中国的紫微或八字，要触须乱长，晕染漫漶（因此可能不那么邪门的准），但这样的离题，恰好将你作为渺小人类，对遭遇命运的惴惴恐惧，放进一个好像几何学组构的传导模型里，你将之描述进"灵魂"的不同颜色形状的流动介质里，那些事情好像久远以前已发生过无数次的梦境，你终会伤害心爱的人，只因你灵魂的形状是如此这样……

你看这是我从网络抓下一个叫"天陨占星工作群"（http://blog.sina.com.cn/uranus2000）上的一段关于"冥王星在一宫"（我就是这个宫位）的描述：

> 在行星符号学当中，冥王星的符号由上到下，是一个圆圈一个圆弧和一个十字，圆圈是太阳的意思代表意志，圆弧是月亮的意思代表情绪，十字则是地球的意思代表物质。非常值得一提的是，冥王星是行星符号学当中，唯一一颗没有紧密连接的星，代表太阳的圆没有连接着月亮，而是完全飘浮于月亮之上，也因此冥王星的第一个意义，是意志完全独

但也会令人产生挑剔、紧张的情绪；不过双子座掌握沟通，所以双子座的人善于和人相处。双子座的人可以不停说话，和他们谈情最好的方法就是聊天。

不要以为双子座的人花心，只是他们的不专心影响你的看法，他只是贪新鲜和喜欢吸收信息，这样他们才会觉得快乐。

双子座的人反应灵敏口才一流，天生善于胡编瞎凑而且不着痕迹，丝毫没有狐狸尾巴可以露，一面说谎一面对你晓以大义，再加甜言蜜语，有声有色。如果想骗你到外地旅行，连山上的小花小草都会编得活灵活现呢！一路说来天衣无缝鲜龙活跳，最厉害的是：通常，他一说完自个儿就会忘啦！

或许你眼前出现一个双子，你与他并不熟或并不认识，但在他交谈姿态之间，或许是面部传来的气息、或许是他走路气质与魅力会吸引到你，让你对他有好感，不要认为这是他自身无意就有的魅力哦，绝大多数情况下，都是双子座在做一件事时而下意识地有意传达魅力吸引到你，所以他往往会用余光注意到你，有心机吧！

我们都不得不承认，他真的很可爱，脑子里装满了千奇百怪的新鲜点子，谈话中尽是幽默和机智。如果你在一个社交场合遇见他，你真的会很容易被他吸引，他总是妙语如珠地逗得大伙儿很开心。他的态度亲切自然，一点都不给人压迫感。从政治、人生，到黄色笑话，保证绝无冷场。跟他在一起真是有趣极了。

　　但是，如果你是个占有欲极强的女人，我劝你趁早死心吧！否则气死自己是迟早的事。想要他每天一大早向你报告行程，让你随时找得到他，几乎是不可能的。就算你事先知道他的行踪，这一天当中也会有太多事情可能让他改变原先的计划。他是"双子"座的！两个脑袋加在一起，念头当然会转来转去，让人捉摸不定咯！

我之所以引了这么长的一大段，并不是我想偷懒，而是说得实在太"准"了！不过是反面的"准"。只要大家每一点都从相反的意思读上面的文字，大概就可以知道我是个怎样的人。

另一个"十二星座百科"网站有下面的说法：

　　好玩、好动、好奇，使双子座像一枚跳动不休的火焰，时强时弱，却永不熄灭。他们精力旺盛，对工作认真，对朋友讲情义，对事业野心勃勃。但是他的情人，却常被他弄得筋疲力尽，他的家人也常因他的情绪搞得鸡飞狗跳！为什么呢？双子座无法忍受一成不变的关系，固定的事物使他衰老得极快，也使他所爱的对象衰老得极快。

　　双子座是最有趣的情人。爱情的游戏，他百玩不厌，并且花样层出不穷，你若不能与他一起享受这个类型的爱情气味，不如趁早打退堂鼓吧。婚姻？这种被法律保障（也可以说束缚）的情感关系，对双子座的人而言，实在乏味。但他不是那种从小就抱独身主义的人，只不过一旦离了婚就很难再婚罢了。

老实说，我多么希望自己真的是那么有活力的人！而关于爱情和婚姻方面的表现，就要问问我妻子了。

你可能会骂我不认真。上面这些很明显是些通俗的、不入流的星座闲话，完全够不上专业水平，和你爱读的那种文学性和哲理性的灵思秘想根本不可同日而语。那是对的！我无意跟你唱反调。但对一个胡乱出题、无以为继的人来说，唯有出此下策，以错为对，从反入正了。

如果双子座的根本特征是双重性，或者是明暗面、正反对的话，上面所引述的判解也不算尽错。至少，它说明了，作为双子：我不是你所想的那样。

瘦

生肖——我们这些可怜的羊

生肖里，鼠牛虎兔龙蛇马羊猴鸡狗猪，除了第三放个老虎，第五放个神话的虚构的龙。其他，基本上都是农家里亲近的动物，牲畜。

——骆以军

肥：

我对生于羊年一向没有特别的感觉，也从来没有从命理方面去关心自己每年作为属羊的运程。可是，今年我却意识到"本命年"或者"犯太岁"之类的说法，也不知是否因为自己最近身体持续不适，还是已经到了四十八岁这个关口的缘故。说四十八岁是个关口，其实也没有特别理据，纯粹出于直觉。十二岁进入成长期，是个分界点；二十四岁大概是大学刚毕业，离开相对单纯的学习年代，进入复杂的成人世界打滚；三十六岁似乎没有什么标志性的特色，勉强说就是步入中年，或者在这左右结婚。无论如何，我们很少会把这几个年份说成是关口。六十岁呢？对上班族来说就是接近退休年龄吧，但对我们写作的人来说，除了数目上比较工整，似乎也没有太大的象征意义。至于七十二岁，唉！能活到七十二岁，还说什么关口呢？简直就是超额完成，等着到终点吧。

好了，回到四十八。为什么会觉得四十八岁是个关口呢？以现在的平均寿命来说，四十八又不是一半，而约略是三分之二了。但别小看这三分之二，它比一半或者二分之一更为关键。做事做到一半败了，叫作半途而废，本来已经不是太妙；如果去到接近尾声，差不多要收成的时候，才无以为继或者戛然而止，叫作功亏一篑。一般说人生的成就，去到六十岁已是结账买单的终点，余下的到七十二岁如果还有进境，就已经是 bonus。所以，那个功亏一赍的摔跤点，大概位于四十八岁至六十岁之间。以这个方法推算，四十八岁似是个关口。

事情可能出于本末倒置。因为我在这个年纪遇上了身体不适，身边的许多人就以近似的例子来安慰我，频频说某某和某某也是在四字头的末段接近五字头的时期，生起一场大病或遇上什么变故，只要过了这关便没事。当然，这些某某的例子都是过了关的。我当然知道,过不了关的也大有人在。其实这个所谓关口的门槛也很阔，从四十尾到六十头，感觉都好像是壮志未酬、心愿未了的年纪。不过，四十八是个约略的起始点。这短短两三年间，和我同龄或比我稍长的文学人和文化人也去了几位，不能不叫人觉得，自己也已经步入地雷阵。

自己生肖所属的年份叫作"本命年"，这个描述十分中肯，但为何本命年会"犯太岁"呢？如果每逢回到自己出生的生肖之年就是犯太岁（当然其他年份也会犯太岁），那么人的出生本身，就是对太岁星君最大的冒犯了！就小说家的角度而言，太岁星君其实是个虚构出来的角色，是因为古代岁星（即木星）的运行不够规律，人们便发明出太岁这颗虚拟星体来纪年和占卜，规定它每年运行三十度，十二年绕天一圈。而太岁本来是君星，是尊贵之象，本来应做下民的守护神，但因为贵为君位，又成了一个不能冒犯之象，结果反而变成凶神。

也有朋友安慰我说，所谓"犯太岁"其实并不一定代表会交厄运，而是这年自己会产生较大的情绪波动，并且面对比较大的外部转变。所以其实只代表一个挑战，一个提醒，而不一定是坏的结果。星相命理这样的东西，当然有很大的诠释空间。运可以滞，煞可以挡，凡事都存在变量，都存在例外。其实我自己也不真的从命理方面考虑，相反，一切的担忧可能都是出自生理的因素——作为一个四十八岁的人，身体走下坡的迹象已经无可否认了。

我还没有说到羊。属羊自小就没有带给我太强烈的感觉。一般而言，大家也会关心星座多于生肖。星座按月而分，变数较多，在同龄者当中，至少有十二种差别。生肖这东西，如果在同届的人身上，完全没有区别作用。倘若今年旺虎，难道全级同学都考第一？如果今年滞羊，难道所有同龄者都生意失败，或者身患顽疾？旧同学聚会的话题可就单调了。不过，在不同龄或不同代的人之间，生肖也可以有有趣的一面。父子相旺还是相克，夫妻相配还是相争，都可以编出许多故事来。而且这些配搭可以年年不同，岁岁新鲜，命理学家才得以口舌生花，客似云来。

其实提出写羊年，只是有两件事想说：一，我和你都是属羊的，如果命理之说真的准确，我们就有福同享，有难同当啦。二，我妻子是属虎的，所以我常常说，我是送羊入虎口啊！

瘦

瘦：

农历年节和妻子备礼去给从前的一位老师拜年。老师已七十过半，仍精神矍铄、思绪清晰。我们坐在他堆满书、稿子的工作桌旁，泡茶闲聊，听他说了一段去年去大陆发生的奇事。

应该是两三年前，老师带着他做民间采录故事的学生们，透过朋友的介绍，到河南某个荒凉农村里，见一位五十多岁的农民。这个农民（姑且称之为老刘）讲述了一个他小时候所见奇怪的故事：他原本是山阴脚下农家的孩子，但因大饥荒，被送给山阳那面半山腰的一家樵民作养子。那时候的人有情有义，每逢过年，这养父会背个篓子，装些野菜蕈菇木耳之类，带着他抄近路往山顶走，翻过山的那一面，再顺坡而下（有点像飞机不绕着地球同纬度对飞，往北极飞再南下的概念），让他去见见亲生父母。大约八九岁时，养父病倒了，于是由他自己走那趟山路。他是天没亮便出门，到了山顶上，晨曦初现，对面群山还隐在黑紫色的影廓中，那时，恰好在日出而将山棱线似乎镶上一层薄金的神秘时刻，他看到对面山头上站着五个巨人。

因为后来的一生，也就是个封闭山里的农民（所以表达能调度的语言有限？），那时也是个孩子，大人们似乎都只要求能吃饱就是奢侈，脸色忧惶地和这世界卑屈乞求微弱的"活着"这件事。所以无从复现，他在漫天玫瑰色的黎明朝霞的山顶，看见那五个在对面山巅和他对峙的巨人们，那神秘时刻的一切细节。他们是穿着盔甲吗？是一式同样的站姿（像宫崎骏《天空之城》里那孤寂守候废墟的机器人）？或是或坐或站，看得出五人不同的性格？那只是朦胧的灰影，或是清晰可见他们的眉眼和脸部的细节？

总之，等到他又从山脚亲生父母家返回养父家，重站在那山顶上，天色已渐黯，那五个巨人似乎离去了，溶进那蜿蜒起伏的山棱线的蒙暖光影里。

他（别忘了还是那小孩）回家后，跟爷爷提起这一奇事。他爷爷不以为奇，说这附近山里老一辈居民，都知道对面山头有五座巨石垒起的"老祖宗的玩意儿"，也不是山神或他的侍卫，但好像久远传下来的说法，那是远古时观测气象用的。

等到再过几年（或是十几年？），"文革"开始了，他们这偏远山里，讯息的巨浪次第传递，过来时只剩碎波了，但即使如此，农民也跟着"破四旧"，大约那五堆巨石阵的一粒粒西瓜大小的圆石，都被不知怎样的方式卸光搬空（去盖房了吧），那之后很长的一段时光，对面山头哪有"五个巨人"的一丝影子，或许只是他少年时的一场梦？

后来他父亲生病死了，爷爷没几年也过世了。现在他也算是个老人了。

我老师说，这事在二十一世纪第一个十年过去了的此时，又被当件事，要从那虚无空荒之境里，大张旗鼓地挖掘，中国现在富了，似乎一个巨人开始低头在自己原本空洞的身躯找各处刺青：各省、各县、各地方疯狂在找"观光资源"有关，那些曹操的墓、楚汉争霸韩信点兵的古战场遗址、杨贵妃被哗变士兵绞杀香消玉殒之桥……这些那些，找不到的，就虚构一个，这不是连虚构小说的孙悟空的后代都出现了，还是个外貌亮丽的小模特？荒山野岭无名人坟可挖，经典名著不曾青睐的，只能干羡慕穷瞪眼。

好了，现在，突然这秃山穷地，有人在一个山头发现了一个遗址，还散放着几颗没搬空的大圆石，一看就他妈是远古的、有来头的，但非墓非碑非宫殿（不可能跑来这山头盖个石头城楼），有点像祭坛或烽火台吗？找了县城领导，大学教授、地方文史官员组不同队伍探勘，众说纷纭。

接着在隔邻山头，发现另一座一模一样的石基遗址；接着第三座、第四座、第五座，分别在五个山头上。若是古人，那上山再下山的实际空间距离其实颇远，必须以一"非人类"而近乎神祇的视野，才会在那相近高度的五个山头，分别搞一个同样的这地基工程。

但那是什么？

有人想起曾听这老刘说起，小时候在对面山巅望见"五个巨人"的故事。于是辗转层级，找到村委，把那沉默老实的老刘找来这会勘团队的会议处。

我的老师恰好在那次的会议上，他灵光一动，想到了《列子》上极短的，曾提了一句关于伏羲的记载："仰观象于天，俯察法于地"。就是在远古，这个从渔猎时代跨入农耕时代的天才（当然可能也是后代的虚构附会），体会到掌握"节气"之精准时间刻度对耕作收获的重要性。那不是五个巨人，而是五座山头上，大石堆栈而起的观察目标，最左最右那两座，分别是立春和冬至，中间三尊，各拥"春，冬"、"秋，夏"四个节气。为什么还少一个，那必然是观测点。于是发动探索队在山下平原处搜寻，果然找到了"第六处"遗址石座基地。他们做了测试，在冬至时刻在那第一尊"巨人"（已空荡荡无一物）处立起一高竹竿，等着，果然，那一天的日出，第一道曙光，不偏不倚，就从那个山头的方位，不，刻度，像钻石般地射出。春分那天又做了一次测量，不偏不倚，像魔法一般，太阳从那第二尊巨人原该站立的那细致垂直线，乖乖升起……

我老师说：这之后就不关他的事了，他几乎可以看见：原先一片荒凉的荒山野岭，接下来是几百亿的开发案涌进："伏羲观天象遗址"，一定会无中生有"伏羲女娲野合之处"，"中国古代气象博物馆"（想想中国正在发射北斗卫星或嫦娥登月艇，多需要这样一个遥远祖先名字的梦境象征），可能会有电视剧组甚至影城的搭建，各种度假村、大型游乐场、五星饭店……

生肖里，鼠牛虎兔龙蛇马羊猴鸡狗猪，除了第三放个老虎，第五放个神话的虚构的龙。其他，基本上都是农家里亲近的动物，牲畜。因此可知我们所从出的这整个文化，作为流年标示的生肖，感觉是一群庄稼，磨坊，谷仓，水圳，要么是养来杀的，要么是劳动力，要么也是陪伴动物，荒年时统统可以吃。但我好像对作为流年的这些小农经济动物，反缺乏像宙斯、雅典娜，或天蝎啊双鱼啊狮子座射手座等的想象力。但我们一样在过这样的年，这其实也正是我们是如你《学习年代》那样的，距父祖辈离开农田土地，被"现代"移形换位的一代了。

肥

回忆我的婚礼

我又庆幸当时（是一九九七年）还未流行制作一对新人成长和交往的 DVD，并在婚宴上播放。这种影片例必以惹人发笑的童年照片开始（通常和当今本人差别极大），然后是好像某种情感证据般陈列出来的两人历来的合照。

——董启章

肥:

婚姻是不是神圣的，我不知道，但婚礼却肯定是一件俗事。就算我的结婚仪式是在教堂进行的，但结婚当天由早到晚的一系列活动，根本的意义就是做给人看的。当然，我并不反对这一层意义。事实上，结婚当天是我一生中最努力地做一个俗人的一天，并且为自己能好好地完成这件俗务而感到沾沾自喜。

一切结婚要做的俗事，我们都做了。由早上纠集一群兄弟去女家接新娘，在女家门口被一群凶狠的姊妹留难，又要唱歌又要作诗又要做掌上压[1]又要读那肉麻的爱的宣言，到向双方家长下跪斟茶，新娘换下中式裙褂穿上西式婚纱，又立即奔赴教堂行礼，然后再安排全体亲友到酒店晚宴，宴席上不免又来一轮玩新人的游戏，和一些感人的致辞，最后恭送宾客离席，终于结束了整天的表演，拖着极度疲累的身躯但依然亢奋的精神，回到酒店安排的住房。我们的兄弟姊妹很识趣，好像没有怎么闹新房，只是做做样子扰攘了一下便放过我们了。整个过程在我的精心安排之下非常顺利，没有出什么岔子，所有人也甚为欢欣惬意。

看来是个很平凡的婚礼对吧？做的都是些别人会做的事，没有什么跳伞潜深海之类的惊人之举，也没有即席赋诗挥毫弹琴画画

1　粤语，即俯卧撑。

之类的文人雅兴（早上接新娘时被迫即兴所作的诗是烂诗，不必多提）。不过，从某些微妙处看，我庆幸我们还没有俗到底。比如说，我们当天的拍照工作是由我的一位旧学生负责的，而帮忙录像的则是一位艺术家朋友，结果都相当令人满意，免除了聘请专业人士的商业味道和公式化，有比较人性化的自然和粗糙质感（不过，结婚前拍的一辑影楼照，我们还是未能免俗地去了一间这方面的专门店，结果拍出来的都好像不是我们本人似的。那幅油画式的结婚照初时还有挂出来，搬家之后一直藏之高阁了）。我们订晚宴的是一间小型酒店的中式酒家，没有一般人选择高级酒店宴会厅的那种豪华排场，却多了亲友相聚的亲密感。晚宴的男女主持人都是双方的多年好友，不会有专业主持人那种虚假的腔调，说起话来气氛也更热切和畅快了。

我又庆幸当时（是一九九七年）还未流行制作一对新人成长和交往的 DVD，并在婚宴上播放。这种影片例必以惹人发笑的童年照片开始（通常和当今本人差别极大），然后是好像某种情感证据般陈列出来的两人历来的合照。有些经历了爱情长跑的新人，此类照片从读书时代开始，步入社会工作后继续，当然也少不了多次同游异国，作为迈进婚姻关系的前奏，整个过程横跨达十年的时光；但有些闪电结婚的新人，这方面的记录就难免零落。至于播放的时候配以什么爱情名曲，那就不在话下了。每想起如果当年自己也做了这些，都不免头皮发麻。以今天的标准，我和妻子的婚宴，也可以说是简单而低调了。

酒席上的游戏，往往是婚宴令人最为尴尬的部分。有的过于粗鄙低俗，令场面变得不堪入目，有的幼稚无聊，毫无可观之处，造成了台上台下互不相干各自喧闹的场面。也许是地方小的关系，加上主持人都很懂说话，我婚宴上的游戏环节竟然得到来宾热烈的反应，令我有点始料未及。世俗而不低俗，给大家带来欢乐，也没有为一对新人造成太大的折磨。连这个最没把握的部分都令人满意，我心目中的婚礼也就近乎完美了。

在这个充满世俗欢乐的一天中，唯一一个完全没有俗气的人，是我妻子。嫁给我当年，吾妻二十三岁，刚刚大学毕业，还没有正式工作，基本上是个未经世面的女孩子。而我三十岁，却同样未曾正式打过一份工，只是胡乱地写了好几年东西。没钱、没房子、没地位、没社会经验，从世俗的观点看，我们两个是没有资格结婚的人。但是我们结婚了，而且以世俗的方式。我担当那个安排这一切的俗人，耗尽我仅有的积蓄，让我妻子体体面面地出嫁了，让她可以单纯而快乐地做那个年轻而漂亮的新娘子。当然，时移世易，后来我妻子渐渐成熟，在工作上独当一面，在家里也成为经济支柱，于是就反过来变成了我仰仗她的支持才能写作下去的局面了。不过，这已是后话。至少，让我缅怀一下，我还是一个担当一切的大丈夫的那天吧！

瘦

瘦：

我的婚礼是办在台北那年代地标之一的圆山饭店。哈哈，我是穷鬼为何会在那里宴客呢？因为好像圆山饭店那年的前一年发生一场严重火灾，作为标志的金色中国古宫殿屋顶被烧了个几乎占一半的大黑洞，当时打了非常低的折扣。我老婆娘家是澎湖人，许多婚礼的习俗非常讲究古老的传统，譬如纳采、订婚、下聘（真的要准备古礼的十二项礼，给新娘子的从头到脚从帽子大衣裙子到高跟鞋当然还有金项链手链戒指这些，每件衣服口袋都要塞红包，两家亲人都要赠礼，我父亲自己也没见过这阵仗，拿了他珍藏的砚台送我岳父，而我岳父则送他一套非常好的西装料）。当然最重要是聘金，大聘（扛去撑场面让女方有面子，之后会退回，我妈要立刻把它存回银行）、小聘（要收的），三牲（鸡、猪、牛），台湾的习俗只是个象征，猪肉就带一块五花肉即可，但我父亲跑去西门町一家专卖正宗金华火腿的老店铺，买了一条半人高的巨大腌火腿，我们还去买红纸把它包扎起来，我记得提亲时我扛这大火腿进我老婆娘家，把我岳父吓了一跳。

我和我爸好像尽花心思在这些没意义的小事，包括迎娶的车队（我们去出租公司租了一辆那种车头绑花带的新娘车，另台湾的习俗要前面有六辆前导车，通常有钱人是六辆奔驰，我是外省第二代，没啥亲戚，当时东找西凑我一些哥们，拜托他们开他们的车来顶一下场面。但那时哥们都三十出头刚出社会，有开车的也都是些不称头的烂车，感觉我们这迎娶车队，好像癞皮狗拼装大队喔）。迎娶那天，要六男六女陪同，良辰吉时，车队在小巷穿梭等候，犯不得一点错。我还找了我一最好哥们，当"车队动线总指挥"，当时那个紧张怕出错啊！哈哈，但我根本整个大学研究所是那种躲在出租宿舍孤僻念书的宅男，哪会这些，当时真的像陀螺乱转整个都晕了傻了。我家这边，人丁单薄，最乐的是我爸，迎娶那天他什么正经事也不干，要我去"公卖局"买一种金门陈年高粱酒，他把它们倒进两只大酒瓮里，婚礼晚宴他就抱着那两坛酒去饭店，感觉要趁此一战拼倒他那些老头朋友。

那天我们男方迎娶车队到女方家，一下车他们就燃放鞭炮，一屋子都是他们澎湖来的亲戚，一进门我们全都一人一碗甜汤圆，满室此起彼落的吉祥话。我老婆穿着新娘白纱，要拜别父母时她真的哭得超伤心，我在她旁边还想："不会吧？难道你其实不想嫁？"媒婆在旁说："愈哭愈旺喔。"离开时，真的有拿水盆泼水到地、丢扇子，这些习俗。到我永和老家时，当然也有这边等着的小孩开车门，捧一小盘，上放一颗橘子一碗甜汤圆，说吉祥话，不能让新娘子有来陌生地方的委屈之感。也是一下车就鞭炮放不停，我妈还不知哪儿向谁借了两只大红灯笼挂在客厅，但我家那老屋实在太破旧窄仄了，我们婚后也没住家里，仍住阳明山出租学生宿舍，但一定要有一"新房"，便拿我老爸的卧房顶充一下。我们去万华龙山寺那儿的老佛具店买了一幅金丝银线桃红翠绿刺绣的"八仙彩"，挂在那床头，其实下方拿块红布盖着床头柜我爸的那些老人瓶瓶罐罐的什么高血压药啦维生素啦痱子粉啦，还去买了红床单、红被套（但其实那是我老爸的老人床啊），找一位教我现代诗的老师翁文娴师丈刘高兴，他们的小男孩来帮我们滚床，但习俗说要属龙的小男孩，这孩子不属龙，于是要属龙的我哥也一起滚床。

总之，在我家这边，一切显得有种浑水摸鱼、胡闹之感。空间里都不是亲戚，全是我的人渣哥们来帮忙（之前当迎娶车队），因为他们跟我老婆也熟识，所以一片混乱中，我老婆很像穿着新娘白纱这晚这出戏的剧团女主角，并没有真实孤身畏惧之感吧。

还有我阿姨和几个我妈的同事，这边很混乱，拜完祖先，大队人马就赶去饭店（新娘子要去化妆，而我和我的哥们要去会场入口接待各路来婚宴的亲友）。我日后回想，我父亲就是在那个晚上，我的婚宴上，泄露出他进入阿兹海默症的秘密时光。当晚他的身份是主婚人，当前面那些贵宾先后致过辞，轮我父亲上台前就麦克风发言时，他竟足足讲了半个小时（可能更长）。他从一桌桌哪位哪位介绍起，说着他和他们在生命不同时期的交情、往事。台下各桌来宾后来可能听这落落长的演说，不耐烦了，又饿，整个礼厅充满一种嗡嗡轰轰所有人在下面聊开，或玻璃杯碰撞的声音，那个集体浮躁的声音，几乎盖过我父亲拿着麦克风的演讲。当时我真觉得羞愧欲死。后来我们看当时别人侧拍的 VCD，那时，我父亲像个孤单的胖宝宝，满脸通红站那讲着，他陷在自己不知怎么结束的演说。而站他身旁的我妈，我老婆的爸妈，证婚人和介绍人，大家的脸都非常臭。站在台下的我（身旁站着一身白纱的新娘和小花童），我的脸像要冲上去拿乙醚捂昏他。我父亲是个爱热闹的人，那时他已退休多年，慢慢垮掉了，我的婚礼变成他人生最后一场站上舞台演重要人物的大戏（他自己的葬礼他便无法致词了）。当然后来我也颇后悔，其实我那时太年轻了，现在的我一定可以扛着全场的不耐烦，只要让老爸讲个爽，又如何呢？

那个晚上，如今回想，于我还是如梦似幻，像演一出超过我的能力、风格的戏。整个过程我只是怕出错出丑，场面上全是我父亲一生的老友（全是一些外省老头），我岳父一生的老友（全是一些本省阿伯）和娘家澎湖那边大批的亲戚，当然还有少数我妈的同事，还有更少的我和妻子共同的同学。我的超高浓度肾上腺素似乎只为了怕让全场中我不知的谁谁谁生气。我说不出那里头有一种非常电影感的悲哀。好像我这一生都在胡闹，连最震慑庄严的这场大戏，我也拼了劲做好它，但最终还是不知怎么搞的像个喜剧演员。

肥

回忆我孩子出生的那一天

当时是看了余光中先生翻译的《梵谷传》，想说拼了写，到了三十七岁就"崩掉"自己，这样的对未来想象，怎么会想到要生个孩子呢？

——骆以军

肥:

儿子出生那天的感觉，事实上是非常懵懂的。也许我是那种感觉迟钝、后知后觉的人，有些事情在发生的当下，我反而好像站在旁边，看着别人的事情似的。回想儿子出生当天的经历，许多细节还历历在目，但却好像没有叫我非常激动的地方。

妻子是预约日期剖腹产子的，所以我们没能经历那种发生突如其来的阵痛、在慌忙中赶往医院的刺激场面。那位妇产科女医生说孩子的头部太大，自然分娩会有困难，建议剖腹。事后回看，那可能是医生为了安排自己的工作日程，减省麻烦的借口。既然医生说有风险，我们便唯有乖乖地听从了。

在预约日期之前的晚上，我先把妻子送进医院留宿，自己一个人回到家里，心情还未至于太紧张。事实上，我完全想象不到产子是怎样的一回事。我记得当晚也算是睡得不错的。第二天大清早，我便到医院去等候。预产时间为早上九点。妻子选择了下半身麻醉的手术，可以在无痛而清醒的状态下，看着孩子出生。我也陪同在旁，见证着整个过程。我记得在产房内，我的表现尚算镇定，全程向着即将成为母亲的妻子微笑。妻子看来也不算紧张。因为剪短了头发，样子看上去有点孩子气，好像在玩一个特别的游戏似的。我当然没能看到动刀的情况。只见在遮挡着妻子的下身的布幕后面，医生在纯熟地操作着，直至某一刻，就听见护士们"好大只"的赞叹之声。我知道，儿子生下来了。

对于儿子出生的整个过程，我当时的直接感觉就是"有趣"。听说有一位凡事冷嘲热讽的男性友人，在产房内陪产的时候，激动得涕泪纵横，完全失去了平素的风度。我看着那团从妻子体内拿出来的东西，感觉却是十分陌生，一时间未能把它和"我的儿子"连上关系。看见护士在一旁为婴儿抹干净身体，听着他呱呱大哭的洪亮声音，看着那小小的肉团竟由当初的紫色慢慢地变成粉红色，我当时的样子，大概就像个带着好奇的神情观摩什么生物实验课堂的学生吧。我没有忘记拿出相机来拍照留念。由始至终，眼前这个由紫变红的"有趣小生物"，和他就是"我的儿子"这两个概念之间，也没有完全重叠起来。我是在当天的稍后，看着这个眼睛还是闭着的小婴儿，竟然懂得本能地张开嘴巴吃他的第一口奶的时候，才开始意识到：是的，他就是我和妻子的儿子啊！随后而来的醒悟是：我已经成为一个父亲了。后面这一点对我来说更加陌生。想到这一点，事情就不单单是"有趣"可以形容的了。

另一个有待适应的概念，就是这个婴儿名叫"董新果"。这个名字我们很迟才定下来，大概是妻子怀孕七八个月吧。之前想过许多名字，也没有"就是这个了"的感觉，都是无可无不可的。后来在书店看到也斯重新出版的一本旧作，写于一九七〇年代中的旅游台湾地区散文集《新果自然来》，突然就觉得非"新果"二字莫属了。开头的确是觉得有点古怪的。更古怪的是，当孩子真的出生了，正活生生地睡在你的怀里，而你要喊他的名字，这个他本来没有的东西，我想无论是喊作什么，最初都会显得有点生硬吧。但当我们整天"新果"、"新果"地喊，很快这个名字就像他本身的属性似的，变得自然而然了（这就是"新果自然来"的意思？）。

当肉身、身份（父母的儿女）和名字三者毫无间隙地重叠在一起，这时候一个"人"才正式诞生了。所以，出生其实不是一刹那的事，而是一个过程。到一天走到人生的尽头，肉身、身份和名字又会再分解。那时候，我们才能够看到人生的实相，原来是因缘和合的现象。也许我当天觉得的"有趣"，其实是一时间无法适应和合现象的心理反弹吧。

也许是从儿子今天已经如何的这个角度回想，儿子出生的时刻才见出感叹。而这种感叹只有与日俱增。儿子十岁的时候回顾，跟到他二十岁，三十岁，甚至年纪更大的时候回顾（如果我还在世的话），那个出生当天的意义就一直在变化，感慨也就愈来愈强烈，因为今天的他和当天的他的差别只会愈来愈大。

我的儿子现在十二岁。我尝试从十二岁这个坐标回顾。他当然没可能记得自己出生当天的事了。那他的记忆可以延伸到多远呢？我问起他两三岁时的事情，他一点印象也没有。四五岁的也非常勉强。再说到六七岁的记忆，他的反应往往也只是"是吗？好像是吧！"而身为父亲的我打算做出的深情缅怀，就完全败兴而回了。

儿子出生当天的体验，注定不属于我和他的共同记忆。原来有些事情虽然一起度过，但记忆却是单方面的。我记得他的生，正如他将要记得我的死。

不过，也许我并不真的是那么迟钝、那么后知后觉的人。对儿子的出生感到"有趣"并不是坏事。如果我当他的父亲和他当我的儿子的共同人生能够以"有趣"总结的话，老实说也是不错的。

瘦

瘦：

　　我回想当年妻子怀了我们第一个儿子阿白，整件事以当时的我来说，就是浑浑噩噩、脱离现实。当时她也还没工作，我也辞了之前在出版社影子编辑的工作，老实说，我根本没做好准备要当"另一个人的父亲"这个角色。我可能从十九、二十岁，就立志要走写小说这条路，可以说到那时为止的十多年，全是以阅读小说、练习摸索写小说来配装自己（读你写的，我真的感到自己是个任性自我且冲动的牡羊座）。对我原生家庭来说，我是个任性的儿子，想要做什么，我父母好像也拦不住我。当时对写小说有一点"殉道"的味道，可能我们那年代的文学青年都有那样的气氛吧。当时是看了余光中先生翻译的《梵谷传》，想说拼了写，到了三十七岁就"崩掉"自己，这样的对未来想象，怎么会想到要生个孩子呢？

　　当父亲这件事的责任、经济压力、时间的耗损，完全不是当时的我能想象的。仔细想来我老婆年轻那时，那样一个美人儿，竟会选择跟我这个流浪汉过一生，而且她当时还满心要生个孩子，这整件事真是胡闹。总之，我们婚后两年还是租住阳明山的学生宿舍，过着完全和社会的时钟齿轮脱节的生活，她也支持我的小说梦，但我那段时间一个字也写不出来，很消沉沮丧，后来因为和山上的邻居发生冲突，我们便搬去深坑再进去的山里，一个我母亲买的小房子。

　　奇怪七月搬到那儿，我老婆九月就怀孕了，我那时在写一个长篇，随着她的肚子愈来愈大，我也跟着去产检啦，去医院跟其他一些初要当新手父母的人，做一种产妇在临盆时的"拉梅兹呼吸法"课程，也阳光地跟妻子说一些憧憬、期待的话，但心情上似乎是"这本必须赶在小孩出生之前拼完，小孩一出生我就别想这样任性写了"，一种惘惘的威胁，书写的自由将被取走的焦虑。我的小说世界那么暴力、那么变态，但我身边的人没有一个翻开我的小说读过，否则大家应该不准我生孩子吧！我老婆那时的妊娠现象是一直在昏睡，我则在楼上的一个阁楼上拼命写，如今回想，那或是我书写生涯比较幸福，无须为生计奔波和外面世界打交道的少数幸福时光吧。

　　小孩生了，我们用什么养他也没个谱，总之就像玩扮家家酒，玩大了、不可收拾，只有硬着头皮任凭事情发展。当时有一阵我喉头非常痛，像被什么锁住一样，去看耳鼻喉科看了好几个月，吃许多消炎药，都不见好，我自己还乱想是否喉癌。后来看到一大医院的医生，他说你这叫"慢性咽喉炎"，是内心压力过大，自己把它压制住，以为吃得下来，其实身体便出现反应。

　　总之那天深夜，我正呼呼大睡，妻把我叫醒，说："好像破水了，我已洗过澡，你带我去医院吧。"当时我开着一辆烂车，避震器很差，从那偏乡开往台北，我记得在弯道间一震就像经过坑洞的剧烈颠荡，和那车头灯打向前方一片漆黑像夜海行舟的感觉。妻子那时好像已开始阵痛，我一直安抚驾驶座旁的她，其实心里非常害怕。我因为没经验，所以很担心万一她像电影演的，就在这途中生出来我该怎么办？其实后来到了医院被护士推进产房，她足足生了十三四个小时才把那孩子生出来。那真是惨烈的漫长的半天。我有一位长辈，据说当年他妻子生产时差点难产，后来他死都不肯再生第二胎。我完全可以了解那个惊吓。那段过程我老婆一直呻吟，到后来我觉得她根本已虚脱、昏迷，醒来再继续受那像中国古老车裂之类的刑虐。隔壁床则用帘子隔着，我不记得还有几位其他的产妇在惨号。前面我还在一旁，照那"拉梅兹呼吸法"的训练，对我老婆说"呼——吸——呼——吸——"，后来实在太漫长了，我竟睡着了，还发出非常大的鼾声。这画面我之前有写进小说里。

这似乎是无甚特殊的经历（所有生过孩子的，谁不是那么惨烈辛苦呢），但我还是觉得这件事对我的冲击，不输后来我父亲的死亡。主要是，它们各自在当时，我都要被推到极近距，去进入那个"当事人"的角色。而那时的我那么一无所有，无从张开翅翼遮蔽保护那需要我出面保护的。我慌慌张张，和近乎昏迷却沉静和产道里的婴孩搏斗的妻子相比，实在是个废物。

我的感觉是，在孩子出生前那个世界，和孩子出生后的那个世界，是两个世界。很像年轻的妻子在一受折磨的意象里，梦境里，生出了后来的这个世界。之前的那个世界，我们被一种创造的妄念迷惑，认为只要在"我自己"的这个大屋子里，那或称之为小说的，有点像少年 Pi 的大海，那一切的发生无边无际。但那一天，孩子的出生痛击了这样纯洁"卵中少年"（龚万辉的小说）的我们。我要到可能四五年后，孩子要更大些，才进入"父亲"的角色。我吃的辛苦远不能和你比，但当初糊里糊涂地有了孩子，到混乱地、颠三倒四地扮演着父亲，我觉得好像终于也在体内像国王企鹅的脂肪，长出了一个被迫包覆在那时妻子生出的新宇宙之外的，某种守护者或必须不那么暴躁冲动的人格。这像个秘密，然后有一天，好像我们终于在混乱中脸孔如液态漩流，从那蛋壳外的包覆的那层凝固了，不知不觉成为这个比较老的"父亲宇宙"，永远挪位让给那个像太阳融合光焰核心的"孩子宇宙"。

肥

自己的第一本书

当你把"第一本书"追溯到写作意识的胚胎根本就未成形的年纪，不知怎的，一种美好的感觉油然而生。可惜的是，从我们今天的角度，也即是已经成为作家的角度，这样的回忆也无可避免沾上了"有所为"的观点。

——董启章

瘦：

哈哈，这个题目是"天工开物"啊！其实也是"时间繁史"也是"学习年代"啊！真要认真回想时，发觉又是"安卓珍尼"——所谓爬虫类的梦境之景。

许多年前，有一次一个文学杂志安排我和柯裕棻对谈，大约是谈谈小时候家中的"书的记忆"。发觉非常有趣的是，我们童年记忆，家里客厅会随手抓到的"读物"，都有《读者文摘》《皇冠杂志》，母亲们通常会订一本《妇女杂志》，或还有《电视周刊》这一类的吧，有段时间，还会订个《王子杂志》（好像是漫画吧）。当然那年代台湾地区（或许是台北）小孩家中的，东方出版社的一些注音版的少年读物（譬如《福尔摩斯全集》或《亚森罗苹全集》），或《基督山恩仇记》《爱的教育》《汤姆流浪记》《圆桌武士》，我比较没印象（我总怀疑，那后面的更完整的书单，是否是一个亚洲、第三世界，所有那一代小孩，都相同的一个建构他们对世界想象的背景之书）。

比较特别的，是很长几年，我从约小四开始吧，找到我父亲某个书橱最底层，一排那种纸质粗劣、黄褐色，字印得非常小的各种中国演义小说。我当时有埋头看进去的，譬如《西游记》《封神演义》《朱洪武演义》《征东征西扫北》（薛仁贵薛丁山他们的故事），《绿野仙踪》《说岳全传》，我看不懂《红楼梦》，好像对《三国》《水浒》

也迷迷糊糊，不太有印象。

真的说，那就像后来的少年在看日本动漫，或玩 game 里的闯关故事吧，不过我想多替这样的"史前史""爬虫类的梦境"多说一点。我小时候我母亲常带我们去台北的不同寺庙拜拜，譬如"龙山寺"、"保安宫"、"行天宫"，那些后殿陪祀的神明、彩绘的泥像，几乎全是那些演义故事里跑出来的人物。而那些庙里挤着的阿婆、妇人，跪着合掌的、捧着鲜花素果的，叩叩叩叩沉肃的木鱼声诵经声，就像若是现在的小孩被带去庙或教堂，大人拿着香束虔诚拜着漩涡鸣人、卡卡西老师，或变形金刚的塑像，那孩子应该也会对"他们是真的在另一个次元存在着"，连观音菩萨在《西游记》里都那么像福音战士的背后领导。它很怪，完全不是我父亲这种外省人心中的"中国"，它是非常南方、繁复、俗丽，甚至我童年并听不懂的闽南语，仙、佛、道、神将军、地狱、城隍，一个宛然、幽渺的神灵世界。

瘦，你的这一题，有着奇妙的时间副词像松散、雪崩的冥王星。

"第一本书"是指像触电那样让我们终于被赋予文学意识的那本书，还是更早之前的，像孤魂野鬼还没投胎到哪户人家妇人的肚子，还在飘浮、晃荡、无意识地呆活着？在我身上，很遗憾的，十八岁以前吧，其实没有出现过那个幸运的、触电的，将整个宇宙翻转过来，从此变不一样的人了——的那样一本书。我如今还是遗憾自己整个青春期都浪费了。很长的时光，我坐在教室最后一排，完全无法听台上老师在说啥，或许离开校门回家的这段路，在永和那迷宫巷弄里，或河堤上，冒险、溜达、偷脚踏车，被更大的孩子勒索，钻进小烂台球店或那时方兴未艾、杂货店里的电玩机台，有最原始的水果盘赌博机台，也有日本刚引进的初代电视屏幕的小蜜蜂、小精灵、长生鸟，或有初中时，在永和巷弄里那窄仄的漫画出租店里，糊里糊涂读了琼瑶的《碧云天》（还有她很多本），古龙的大部分，还有很怪的一本司马中原的《失去监狱的囚犯》、《巫蛊》。高中时，有段时间超迷三毛，这都是我后来很羞于跟文学同伴提及的，那个苦闷、忧郁，找不到方式描述那个爬虫类般的自己，那对峙的那个世界，也没有遇到个老师或神父或什么前辈，在那年纪给予提点"该趁现在好好读哪些书啊"。

我是到高四重考班（当时还是不想念书、不想考联考），在补习班旁一家百货公司的三楼文具部（当时还没有诚品金石堂这样的连锁书店），中午休息时间，分了许多天，后来逃课了，站着读了一些"文学书"，我记得有两本书对我造成很大的冲击，一是张爱玲的《半生缘》，一是余光中翻译的《梵谷传》。那真是让我天旋地转，和所站着的身旁的百货公司那些柜员和顾客，好像抽光了正常的光线和空气，有另外一个世界从脑额处被光隙穿透过去了——"我要做一个创作者"。

但它们就是我甘愿将之视为"我的第一本书"吗？第一本启动了我的文学意识"现代"——即使离创作还非常远，但已开启了"现代小说的阅读"那个大爆炸奇点？我好像也不甘愿说是它们，好像更应该是在阳明山时期，第一次读到太宰治《人间失格》，第一次读到三岛《金阁寺》，第一次读完陀思妥耶夫斯基《罪与罚》，这样好像一个女人回忆自己的"第一次"，希望自己失去童贞的那个重要关卡，是由一个后来不断修改、挑选的某个男人，来破她的处。但我觉得你这个"第一本"本身就意味深长，第一次识字，印象中的那本书？第一次在某本书产生了故事意识，脱离了这个乏味平庸的现实？或第一本将这个分崩离析的古大陆板块串联起来，思考"为什么活着？""高贵是什么？""罪是什么？""疯狂的爱是什么？"像某个催眠师啪地弹了下手指，我们从此进入一个很像压克力窄箱的世界，"从此不可能真正幸福了"。是哪本书，第一次在我身上动了这样的手脚，我惘然又犹豫。

肥

肥：

哈哈！你会错意了！我本来的意思是，写自己所写的第一本书。不过，这也可以见出你到底是个纯真的人，第一个反应不是想到自己是个作家，而是从一个读者的角度，追溯到自己最早的阅读经验，进入了那还未出现功利的写作意识的童年和青少年时光，去寻求那懵懵懂懂的，不为什么而看书的起始点。人生的"第一本书"究竟是哪一本？或者这个"第一本书"究竟是否真的存在？这真是个有趣的问题。那我就将错就错，按你打开的方向，也来谈一谈这个吧。

不为什么而去读。我认为这是一种纯真的心。到我们自己也已经成为一个写作的人，又或者有成为写作人的意识或欲望，看书就难免附带其他的动机——例如这本书对我有没有用？它会否成为我理想的标尺？或者学习的楷模？或者与之对话的对象？或者批判和挑战的对手？一个作家（或准作家）的阅读已经不再单纯，总是带着比较的眼光，无论对象和自己是多么的悬殊，无论对对方是感到仰慕还是不屑，纯粹去享受一本书的感觉已经不存在。这也许是作家的悲哀。所以有的作家不读当代的书，只读古代的书，有的则不读同行的书，而只读跟自己专精的范畴不同的书了。（诗人不读诗，小说家不读小说，文学人不读文学，确实是大有人在。）

所以，当你把"第一本书"追溯到写作意识的胚胎根本就未成形的年纪，不知怎的，一种美好的感觉油然而生。可惜的是，从我们今天的角度，也即是已经成为作家的角度，这样的回忆也无可避免沾上了"有所为"的观点。我们不自觉地渴望，可以寻回那个启动我们的写作意识，或者植入创作的胚胎的神秘时刻。这样说来，我们的动机还是功利的。我们试图去重构当初无所为而读的某一本书与今天自己所成为的人的关系。事实上，这样的因果关系是否真的存在，那也是可疑的。我们顶多只是从果推因，把过去扭曲成为今天服务的样子吧。当这种因果关系被确立起来，我们之所以成为作家便有了一个有迹可寻的故事，并且赋予了它某种命中注定的意思。至于有没有传奇性，则因人而异了。

我以前在不同的场合也虚构过几个不同的故事。我说虚构，并不是作假。那些书我的确在童年时代看过，而且甚为珍视，对我的思想和教养也肯定有某程度的影响。但是，它们是如何促成我最终成为一个作家，这恐怕是一番事后的杜撰。比如说，我曾经谈过一本叫作《即学即玩的魔术》的小书，单看书名就感到它蕴含的巨大而丰厚的故事性。这是我小学时期买的书，大概是三四年班的事情吧。以今天的标准来评价，这本书不但印刷粗糙，内容也非常幼稚。从简单的障眼法到复杂的刀锯美人之类的魔术，它都包罗其中，而且都一本正经地详述了具体的操作方法。但稍有智力的人也可以看出，如果照着做的话，除了露出马脚之外，很难不闹出笑话来。可是，当年天真的我还是看得津津有味，在想象中不断演练书中那些蹩脚魔术。（奇怪的是，我好像没有怎么真的付诸实行过。这完全符合我只爱空想的性格。）可想而知，这段童年回忆是怎样的一件至宝，让我可以加盐加醋地编织出"受到这本书的启蒙而后来成为文字魔术师"的富有隐喻性的故事。更有趣的是这本书今天还在我手边，让我有时也会带去某些演讲场合，作为确凿的证据来加以展示。

被我以不同形式在不同场合利用过的"第一本书"还有其他。我说到过一本《图解英汉双解辞典》、一些插图本的世界名著简译、一系列的第二次世界大战丛书、简化版福尔摩斯探案等等，似乎都是些不成气候的东西。（我小五的时候，在活页簿上学模学样地写了一个古屋怪谈的侦探故事，想来应是我的第一篇小说创作。很可惜，实物已经不传。）事实上，这个"第一本书"越是无聊，虚构出来的启蒙故事就越精彩。假设有人说自己的第一本书竟然是《红楼梦》，这要不是假得出奇，就是叫人闷得发慌了！由此可知，追本溯源这回事，因和果的差异往往不成比例。物种起源，也只是最微不足道的单细胞生物。关键在于今天啊！

这样说来，设这样的一个题目，也不过是给自己一个卖弄的机会而已。看着没有防备之心的人如你，认真地苦苦忆述而只得一场失落和惆怅，还害你一个答错题的尴尬，真是我这个始作俑者的罪过！

瘦

自己的第一本书（续）

我自己回想第一本小说集里的几篇，《手枪王》我还是很喜欢；另有几篇，笨拙地想实践大江《听雨树的女人》，现在看来颇呆。但那些练习对我是重要的。我好像在那么年轻的时候，就在和自己的小说相扑或摔跤，一直到后来的小说还是。

——骆以军

瘦：

啊！我果然出错了。但其实，若要回想我自己的第一本书，那真的不是故意又要耍宝，而是这样回想我生命不同时期，那昆德拉在《不朽》最后一章，提到的"生命的钟面"，某个重大、绝对、神秘，或致命的时刻，对这个人这生无数紊乱支流的，一生的眼睛无聚焦的意识流，那少数的几个时刻，像钟面指针走到这人隐秘的刻度，钟上小门会打开，有布谷鸟或小天使，或小熊出来唱歌，则我的这些"生命的钟面"常是胡闹、悲惨。我记得那时，我的几个短篇由我的小说老师，推荐给当时联文的总编。但当时拖了蛮久，这中间又有别家出版社编辑来要我稿子，我当时不懂这些人情义理，也给了另一批作品，好像弄得有点不开心，可能前辈觉得我这年轻人怎么那么急，我年轻牡羊座可能觉得我哪知道啊？！

总之终于有一天，说要签约了，约那晚七点在中山北路一个巷子里，还有我的同学师琼瑜也交了一本短篇小说。我那时念关渡的艺术学院戏剧所，不记得为何，那天傍晚被学长拉去吃川菜，仔细回想我整个研究所三年，也就那次被学长拉去吃饭，不知为何事情就撞在一起。之后我就从关渡飙车赶进城（我那时开一辆二手裕隆飞羚），其实一路上就觉得肚子不太舒服，到了中山北路、林森北路那一带小路，塞在车阵里，找不到停车位，肚子就愈剧痛，我还记得车窗外华灯初上，车潮如烧灼晕染的大小光球。我被包围在那我也不熟悉的街区，我一开始还那样绕，后来想妈的只要看到麦当劳（有公厕），我就把车靠红线停了，被拖吊也就算了。那时我真的是穷小子，城里这一切对我何其陌生，我要去见的人，要签的我的第一本书的合约，对我想象的文学之路何其重要，但我开始在那停止不动的车阵中的车内，抓着方向盘狂念"观世音菩萨"。后来我就在那封闭的驾驶座哭出来了，因为我终于没忍住而失禁了，后来我也不记得我如何把车开进一暗巷的陆桥下，脱下牛仔裤（那时我还是瘦子）把沾满稀屎的内裤丢了，有两个阿婆刚好经过，一脸惊恐好像我是变态。那一切对我都不重要了，我觉得我的文学路完蛋了。

我哭哭啼啼把车开回阳明山，在一老人温泉浴池旁引水，用我洗车窗的清洁剂，一遍遍擦拭我的椅座，然后狼狈回我的学生宿舍冲澡、换衣裤。我隔壁的室友问我："怎么那么早回来？不是去签约吗？"我说："别提了。"结果到了九点多，师琼瑜打电话到我阳明山宿舍（那是还没手机的年代），"骆以军你怎么那么大牌？我和初先生从七点等你到现在？"后来我问了，好像命运之门还没向我关上，立刻飞车下山，再度赶去那酒馆。很怪，我记得那晚，前辈没有不开心的样子（或他以为我是个桀骜不驯的年轻人吧？）。我只说我身体不太舒服，后来也就签了约，之前那噩梦般不可能的一切，像仲夏夜之梦什么都没发生过。后来师搭我便车回山上，一路上，我们应该都很开心吧（究竟是人生的第一本书啊）。她突然问我："为什么车上臭臭的？你大便在裤子上啊？"我还恼羞成怒对她说"再啰唆就下车"。（这一切我曾把它变形写进《第三个舞者》一书。）

最近身体不好，在与你写这些对谈时，回忆起一些从前的事，心中其实悲伤莫名。曾浮出这个念头：是否突然就挂了，为何竟想起这些？（当然希望我们都能再至少活个二十年。）我想讲一下那种终没有成为要紧、值得被记下的"黍离之哀"。我们都是在三十岁以前，透过文学奖而取得出书资格的那一代小说创作者。其实在那时是带着小说和小说的各种实验可能，我们用这种文字书写，有一天是可以启动小说，让小说的延异性、辩证性、话语内部的虚构暴力，像大江、博尔赫斯、卡尔维诺、昆德拉、马尔克斯，可以铺天盖地，**繁复如 DNA 螺旋体旋绕建筑**。那个年纪，我身边，或遇到的一些年轻创作者，性格如此不同，但都像独角兽头顶带着这样年轻艺术家的光焰，然后有一些像同伴的白鸟坠落了。

那之后又过了很长的一段时日，我一直把我的第一本小说、你的第一本小说、黄锦树的第一本小说、邱妙津的第一本小说、赖香吟的第一本小说、袁哲生的第一本小说、成英姝的第一本小说、黄国峻的第一本小说，或我们那代另一些人的第一本小说，视为一种非常像宫崎骏电影对飞行器的迷恋，有一种机器人设计草图竞赛的光滑弧线，和对结构、风格化的崇敬或自信。它不需要像现在年轻一辈作者，第一本书就要曝露在一种出版人已摸清市场毫无可能，而无来由的年轻人的抱歉、屈辱感。仔细回想,那时很短暂的一段时光,台湾的文学环境,对这样的年轻创作品,是当它是一独自生命的一只鸟,或一匹鬃毛翻飞的奔驰的马,非常爱惜尊重。我想这二十年来,那个无法追问"是何时消灭的?"对小说的堂吉诃德亮度,究竟是消灭了。或也不是这个层面,似乎那时互相并不认识的我们,被那奇幻的几年的空气,允许或暗示,比虚构还要规格更高一点,潜水深度要更深几码,冒险要到更远一点的虚构。

我自己回想第一本小说集里的几篇,《手枪王》我还是很喜欢;另有几篇,笨拙地想实践大江《听雨树的女人》,现在看来颇呆。但那些练习对我是重要的。我好像在那么年轻的时候,就在和自己的小说相扑或摔跤,一直到后来的小说还是。

出版了第一本小说、第二本小说、第三本小说,慢慢理解那个应该是充满创作者鼻息喷出的浓度最高的"小说之氦气",结果常是停留在《儒林外史》那样的权力话语的协商,那样一个从层层累聚阴影向下望的暗影。那些曾出版过一些平庸烂翻译小说却在数字上畅销的出版社,让现在书店的景观,有十几年来就全充斥着那些平庸的全球化搭配电影工业的烂翻译小说。

但其实好像我们慢慢登场的时辰,小说的出版就大约在一个不景气"下坠的箭矢"。你要坚持一个"第一本小说"在时光中延续的纯粹书写,势必要带上某种宗教性殉于写的贫穷状态,很妙的是,我《壹周刊》专栏被停之后,即奔波于接各种大学高中的演讲、评审,那评审费都少得可怜，三千，多一些五千，而遇到的靠这些评审费当生活收入的，全是我这辈的，且是二十年前决定当"专业作家"的同伴。仓仓皇皇，这一年半我根本不可能写作了。

前几天读了钱理群一篇写沈从文在一九四九之后，自杀未遂，到慢慢内心被真的清洗，相信自己是"时代脱节"者，相信自己有问题，收到出版社通知自己之前的著作全部销毁，他给家人信上说："我写了五十种小说，总不至于全部有问题，连几篇都无法留于世吗？"

看了觉得沉痛到无以复加，出第一本小说集时的我，如今回想是幸运的。

肥

肥：

关于自己的第一本书，卡尔维诺在他的《蛛巢小径》序言里早已经有过精彩的论述。他的意见是："最好别要写你的第一本小说。"为什么呢？其中一个原因是这样的："在你写第一本小说之前，你还拥有开始去写作的自由，而这自由一生只可行使一次。当你事实上还未被别人定义之时，第一本小说就已经定义了你。自此你就要背负着这个定义度过你的余生，不断尝试去肯定它或延伸它或修正它甚或是否认它，但你却不再可能摆脱它。"这样说来，写作以至于任何世间上的行动，都是一个失去自由的过程，因为你一旦干出了什么，而且留下了痕迹，你就失去了还未干出之前的"可以干，可以不干"和"可以这样干，也可以那样干"的悬而未决的自由和无限可能性了。一旦写下了，干出了，在时间上就不能逆转，而在空间上则变成了一件公开的事情，也因而难逃被世间所定义。而且，这个自己与世间的定义之战，将会是长达一生的。

对于一个文学名家对新人的意见，上面说的已经够令人气馁了吧。还不够呢！更骇人的在下面。卡尔维诺继续说，急于写下自己的第一本小说的另一个恶果，关乎你自以为很值得大大书写一笔的珍贵经验的存亡："第一本书立即变成了你和那经验之间的障碍物"，它"会斩断你和那些事件之间的联系，毁灭记忆的珍贵秘藏"。经验是书写的永恒泉源，但书写并不能令经验更丰富，相反，它令经验定形、僵化、失去生命力。"经验也是文学作品的基本养料，是每一个作者真正财富的来源，但当它一旦成形于一部文学作品，它就会凋萎，死亡。作者一经写作，就会发现自己沦为人世间最悲哀的人。"

连卡尔维诺都这样说，真是夫复何言！那么，所谓的"第一本书"就像一个不应该生下来的孩子一样，永远处于胚胎状态（这和不去做生孩子的那件男女之事是不同的），又或者像一笔永远不提取和使用的储蓄，又或者永远不从泥土里挖出来的黄金，都保有了它们的无限开阔的可能性。这样说来，像我们这些虽然未算长辈但也毕竟在写作和出书这等勾当里打滚了二十几年的作者，要听取这项宝贵意见已经太迟，而只能怀着悔恨和悲哀，继续去修补当初一时冲动所犯下的过错了。

也许，这只是卡尔维诺对自己的"少作"感到尴尬或不满而作出的一番貌似自我批判的掩饰之辞。大家不用拿他当真的。而当中纵使含有更广义的哲学上的真理，也不应该成为阻止一个新人写出第一本书的理由。毕竟，无论谁怎么说，以及在何等恶劣的写作和出版环境下，还是会有一代又一代的年轻人，在无论做足准备还是毫无准备的情况下，写出了自己的第一本书。当中不乏有些也不幸的是自己的最后一本书。卡尔维诺只是提醒我们，要小心谨慎，而且清楚地知道后果和代价。

就如我上次所说，所谓"第一"其实并不是一个事实上的起始点，而是后来为了自我定义而画下来的标记。所以，有时候我会以自己的第一个短篇小说《西西利亚》为起点，大谈它的写作和发表的来龙去脉，好像它是什么开天辟地的神话事件似的。顺着卡尔维诺的思路，这正正就是后来的我对当初的我写出了如此稚嫩不堪的少作的一番补救行为。不过，最常被认为是我的第一篇以至于第一本作品的，应该是《安卓珍尼》吧。其实，要说在时序上的第一本书，并不是《安卓珍尼》，而是在此篇获奖之后到成书之前的另一本在香港出版的校园小说《纪念册》。所以，有点不够完美的是，年轻的我第一次把"自己的书"拿在手里，激动犹如抱着自己的初生儿的，那本书并不是《安卓珍尼》而是另一本分量甚轻的小书。

不过，其实也没所谓吧。而且，无论是《西西利亚》《纪念册》，还是《安卓珍尼》，也远远未到造成那种消灭经验的灾难性后果。也许，这是因为卡尔维诺言过其实，又或许，纯粹由于这几篇东西在经验上的覆盖面不够广，深度也十分有限吧。不知是幸还是不幸，我一直写到《天工开物·栩栩如真》还未有真切体会到经验枯竭的危机感。这在被认定为"经验匮乏"的我们这一代来说，不是有点奇怪吗？难道是因为我们的脸皮够厚，把那些还未够格的经验都拿出来充当什么大题材，就像一个穷人把家里的琐碎杂物当作什么稀世奇珍拿出来贩卖吗？如果是这样的话，我们的做法跟卡尔维诺所说的就是反其道而行了——不是先有珍贵的记忆和体验而后考虑写或不写之，而是写这个行为创造了记忆和体验，并赋予某种珍贵之感。

　　也许是到了最后，来一个总体的累积，奢想自己的所有书加在一起，能接近某种《红楼梦》或《追忆似水年华》的全方位全时间生命感，这时候才会出现卡尔维诺所说的，那种除了眼前留下来的这本书以外，一切也无法挽回，一切也归于消灭的大悲哀。

瘦

自己的最后一本书

也许，说什么"最后的一本书"根本意义不大。这个"最后的"结果，是不由得当事人自己来说的。在大多数的情况下，一个作家的最后一本书，往往只是离开人世之前，能力所及的停止点而已。

——董启章

瘦：

很像大江的书名《别了，我的书》，恰好这是我们这一系列"肥瘦对写"的最后一篇，很奇妙的，这个时间点在我们五十岁之界，有点像我们曾对谈过的一篇"一直很想写但注定写不出来的书"。但这次的心情很像那部电影《阿波罗十三》，在经历总总，被甩离外层空间，机件接二连三故障，一次一次惊险化解那难题，终于要进入那大气层，之后降落艇能否承受下坠之高温及重力的挤压，不可知了。那几个航天员戴上太空头盔，对同伴说："我荣幸与你们进行这次航行。"此刻很像我想对你说的，不仅是这本书的对话，还包括我们各自之前的小说，我们各自之后还会写怎样的小说，谁知道呢？

我今年大肠生了场大病，如果很不幸，今年意外就嗝屁了，那《女儿》就是我最后一本小说，其实我没什么遗憾的。但确实我生命的艰难，与创作无关的损耗，我至少少了三本以上应该不差的长篇。主要是我几乎没有完整的写一个长篇的时光，而且仔细想，太急了，如果把之前的任一本书，放一放，不出版，继续写，如果还能再活个十年，想写一本什么样的书呢？作为自己写完，心甘情愿可以去死的一本书。譬如像《红楼梦》那样写它十年，慢慢盖里头的亭台楼阁，各组人物的身世、性情、命运、他们之间形成的关系，一种静态剧场的花样年华，因为那么复瓣繁华，所以各种角度都能切进去看到精妙。也许没有一本书真正该被"写完"的，但又要庆幸它们曾在某个年龄因无知而让它结束于一本书的截断。

我现在意识、知觉的这个宇宙，和上一本书合收起的那个意义宇宙，是同一个宇宙吗？如果这个我像一艘远洋大渔船，朝大海射出那尽其所能，工艺所能支撑力学的膨胀巨网，后来的这个抛掷投射，有没有比上一次抛掷而出的，又不一样的多维、凹凸，流过网眼的捕捞的或放过不补捞的，那整大包被罩补进我的拖曳网里仍挣跳洄游的鱼群，和原本它们没被兜进这个拖着前进的大船的"巨网"，原本自由、散乱、无死亡之迫力与时间感的海洋（自然）里，有什么意义的差别呢？如果你的每格网眼，是一幅刺绣，一个游乐园的旋转门，一只显微镜摄影下的螳螂的口器，一个美丽女孩的大脑海马回，一座唐卡或坛城对于空无与宇宙核心秘密的某一截面图，某一个人在某一时间刻度里的记忆，或像《儒林外史》，它其实是一组一组十八世纪中国知识分子的阳奉阴违对一个"伪"的道德核心的各种机巧假扮，关系动态变化之探勘。

这个对"无数的其中之一"网眼的想象，终还是巴洛克式的，或者网中还像水母漂动，像蔷薇花瓣层层包裹，一层一层透明薄膜的"俄罗斯娃娃宇宙"。于是我们或有了"宇宙母亲"与"宇宙婴孩"的胚胎联想，有时间空间，有风火水土，有阴和阳，名与无常名，易卦的排列、变化。我们终发现人类思维的模型有其限制，于是出现了博尔赫斯这样的"图书馆"、"百科全书"、"神学大全"的好像是虚构者的极地插旗（因为网眼是无数复数增殖的智者或博学者可能比写小说的人一生能及，更长寿命更高天赋更浓度大的著述之总和）。

其实，照你引卡尔维诺对"第一本书"的看法，也因此不可能有"最后一本书"的存在。它很像芝诺的"阿基里斯追龟论"或"飞矢辩"（现在来说就是电影《全面启动》[1]（Inception），或博尔赫斯的《一个不为人知的奇迹》），无穷尽地在那个脑中最隐秘的"奇点"发动暴胀宇宙。有一个物质世界的强迫关机时点，这个"我"的死亡，距离现在这个我，还有十年？五年？一年？这个我能做的可能是最后一次"全面启动"（用神的角度，只是蛛网上一只蝴蝶无谓且短暂的挣扎），它要投资成怎样的一片"如果发射且在无垠太空漂流的电晶板"，它要被怎样的形态浓缩，层层折叠成"有一天有另个宇宙读者收到，要解压缩将它播放投影"，它能是一个栩栩如生，就像一枚宇宙创生蛋，里面的人物们从眼睛嘴巴鼻孔耳朵吐哺流动着这个小宇宙闪烁或呼息的梦之稠液。

它于是变成一非常悲伤的行动，时间的感受比我们二十多岁时，以为的那个一生，要短许多，更进入那个阿基里斯追龟的无限小再切割更小的窄折里。许多年轻时读一本书时摊展开的时间旷野不见了，那个幸福再难重现，我们的时间被这后来背上身的二十多

1　即《盗梦空间》。

年的回忆、所读过的书、看过的电影，像台球台上各颗球之间撞击力学角度计算，那么多不同人的关系，收纳进我们脑海的他们的故事，辩证支撑这些故事的善或恶，同情的根须，或这些人物他们也在我们观看描述的时候，有日暮斜影，老去或修改记忆……这一切让我们的剩余时光，变成一个衰老宇宙，重力密度大许多，亮度的穿透也艰难许多。

我在摸索《女儿》这本书时，有想象逼近那像波光水影中跳闪小鱼般的"一个个蓓蕾般的弦宇宙"，我希望它被解读时，能像原子弹的核分裂那个能量在瞬间挤压释放的效果。当然后来已出版的销售成绩，或我比较在意的一些朋友的阅读，它好像也没有被我折叠再折叠那朵"一个不为人知的奇迹"的内在宇宙之花，那样同等的感动打开。这样回想，每一个长篇的完成，好像就是一次惩罚，它让你疲惫，四五年的摸索劳动或也无法从头说某些时刻的炸裂、光爆，可能全是一场徒然，而又更衰老几岁了。

你在帮黎紫书《告别的年代》作序"为什么写长篇小说"一文的结尾，有这样一段话："作为小说家，我们的工作就是以小说对抗匮乏，拒绝遗忘，建造持久而且具意义的世界。在文学类型中，长篇小说最接近一种世界模式。我们唯有利用长篇小说的形式，去抗衡或推迟世界的变质和分解，去阻止价值的消耗和偷换，去确认世界上还存在真实的事物，或事物还具备真实的存在，或世界还具备让事物存在的真实性。纵使我们知道长篇小说已经成为一种不合时宜的文学形式，但是作为长篇小说家，我们必须和时代加诸我们身上的命运战斗，就算我们知道，最终我们还是注定要失败的。"这段话对这一系列我们的对谈，最后这个博尔赫斯式的无法替"小说创作者生命的最后"与"他理想中那小说之途最后的那部小说"画下时间括号的提问，此刻在我内心还是像最寂静处所传来的朴素砥砺。但因这样的话那么纯净，它像是二十多岁的你（若是）遇上二十多岁的我，说出来的对文学梦激昂的愿梦，我想象那时的我们，还没写出我们各自的第一本书，像是所有后来我们笔下的任何一篇小说，都尚未被创造出来一般。

肥

肥：

　　我也不知道为什么要起这样的一个题目。细想之下，连自己也有点承受不来了。读了你写的，就倍感悲伤。这个"最后的"，带有太强烈的告别意味了。虽然作为我们这一年来的对写的暂时终结，这题目可能是合适的，但是，纵使我们相约十年后再来一轮同样的对话，谁又知道到时候会是什么光景？不过，我不是想增添伤感，只是想提醒自己，这其实就是人生的常态。

　　你引述了我给紫书的关于为何要写长篇小说的回应，我读了颇感震惊。回头一想，那是二〇一〇年底的文章了。那时候竟还敢像个年轻小伙子一样，说出那样带着视死如归心情的豪言壮语。事隔四年多，我自己延搁多年的长篇还未曾写出来，而且看来遥遥无期，看着那个信誓旦旦的自己，岂不叫人汗颜？那番话的潜台词可能是，在明知文学已死、长篇小说已经消亡的情势下，我们这些还要顽固地往死里钻的人，就必须抱着每一本书将是自己最后一本书的心理准备，跟那本书同归于尽了。

　　我又忍不住说出这过分的伤感之辞了。我绝不希望是这样的。我知道自己过于在意去制造这种"最后的"悲情，然后沉溺其中。也许，说什么"最后的一本书"根本意义不大。这个"最后的"结果，是不由得当事人自己来说的。在大多数的情况下，一个作家的最后一本书，往往只是离开人世之前，能力所及的停止点而已。这是不必也没可能预先铺排的。在最令人扼腕的情况下，甚至连进行中的书也还未写完，就已经猝然而逝。文学史上未完成的巨著多的是。《红楼梦》后四十回的存在虽然在推论上成立，但也没有十足把握，更难说是否已经圆满写就。普鲁斯特如果不死，《追忆似水年华》也肯定会增生下去，没有完成的一天。夏目漱石的遗作《明暗》未曾写完，而他那只有十一年的创作生命，怎样看也是过于短暂和提早腰斩的。至于像卡夫卡和佩索阿这样的一生几乎没有写完任何作品的作家，就更加不用说了。对他们来说，一开始就已经结束，最先的也是最后的，因为他们的写作生涯里，作品看似都是零零碎碎，但其实是同一部长篇的无数切面。

也许我们会以为，一个作家只要主动在生命还健全的时候封笔，这个"最后的"就没有悬念。的确，世界上存在着这样的极少数的幸运儿，在年轻或壮年的时候已经写下了毕生的杰作，而且对此有着不可动摇的自信，到老年的时候就再没有任何挂虑，而放心地享受到自己早已赚来的荣耀了。有没有宣告封笔这回事，也一点都不重要了。不过，也有不断地挣扎于封笔或停写的作家，在做出这样的宣告的下一刻，又受不住新的念头的诱惑，或者对旧的作品的不满，或受到新的经验的刺激、面对新的现实的挑战，而不得不一再打破自己的诺言，让只会越来越年老衰弱的生命，再次投入另一本"最后的书"的搏斗里。这样的例子，最显著的莫如大江健三郎了。令人震惊的是，他竟然能以这样的自我推翻，自一九九〇年代中第一次宣布封笔开始，继续写出了一本又一本的巨作。这不是才华横溢可以解释的事情，而肯定是一种生命力的无比顽强的表现了。又一本书，所提出的证明非常简单，那无非就是——我还活着！我还未死！

我以前（只是几年前吧）还奢望着以大江为榜样，以为自己可以这样既抱着末日的心态（自己的、文学的），又不断以行动证明自己的错误，一本又一本地写下去。但是，我现在觉得这样的可能性相当渺茫了。原本就是一个脆弱的人的我，无论是精神上还是身体上，也承受不住永无止境的、不断延展和增生的写作意欲和意念了。所谓"最后的"随时由只是一种心态或者借口，变成不可推翻的事实。

不过，纵使如此，也不必过于自伤自怜吧。如果我们用的是线性的思维，是功利社会的利润必须不断提高，资本必须不断膨胀的逻辑，我们就总是会觉得"下一本"必定要更好，而"最后一本"则必然完美地到达顶峰。而文学界的确习染了这种功利的心态，动辄就以某某作家后来不行了，来感叹或嘲讽其成绩的滑落。但是，每一个作者的创作其实是一棵共时的树，而不是一条历时的线（又或者两者皆是）。在这棵共时的树上，曾经结过的硕果和正在绽放的繁花并存，而更多的是作为衬托的绿叶，以及无数还未及开花，也可能永远没有适当的时机开花的蓓蕾。一棵树能开的花，能结的果，是有限的。而且也不可能去计较，哪一颗、哪一朵是"最后的"，更不必说那是不是最甜美的、最灿烂的。

正如生命本身一样，那个"最后"终必来临，但那并不是单独的一只果子、一朵花，或者一本书，而是那棵树最终的全体面貌。这些树的面貌肯定是有参差的，有的高大，有的矮小，有的茂密，有的疏落。但是，怎样也好，都在文学这片树林当中，站住自己的位置。一直站到，这片树林在地球表面消失那天为止。如果是这样，也没有什么值得哀叹的。物种有起源，自然就有终结。都只是自然演变的一部分而已。

在这个树林还未消失之前，如果还有人无意间走进去悠游一番，在角落里发现一肥一瘦的两棵怪树，歪歪唧唧地立在一起，他会觉得这两棵树究竟像两个人在比试武功呢？还是在哈拉打屁呢？我想，无论是何者，也可以算是一道值得一看的风景吧。

瘦